闲居随笔

XIANJU SUIBI

李中柯◎著

江西高校出版社
JIANGXI UNIVERSITIES AND COLLEGES PRESS

图书在版编目(CIP)数据

闲居随笔/李中柯著. —南昌:江西高校出版社,2020.9(2022.2 重印)

ISBN 978 - 7 - 5762 - 0224 - 3

Ⅰ. ①闲…　Ⅱ. ①李…　Ⅲ. ①随笔—作品集—中国—当代　Ⅳ. ①I267.1

中国版本图书馆 CIP 数据核字(2020)第 163262 号

出版发行	江西高校出版社
社　　址	江西省南昌市洪都北大道 96 号
总编室电话	(0791)88504319
销售电话	(0791)88522516
网　　址	www.juacp.com
印　　刷	天津画中画印刷有限公司
经　　销	全国新华书店
开　　本	700mm × 1000mm　1/16
印　　张	12.75
字　　数	150 千字
版　　次	2020 年 9 月第 1 版 2022 年 2 月第 2 次印刷
书　　号	ISBN 978 - 7 - 5762 - 0224 - 3
定　　价	46.00 元

赣版权登字 - 07 - 2020 - 882

情怀绵绵无绝期（序言）

单增科

闻中柯先生之名，缘于他是市长助理，缘于他领导的企业是乳山最好的企业之一，缘于他是中国果汁企业理事长，缘于他是中国A股上市公司总经理，缘于他领导的国投中鲁果汁曾是世界最大的果汁企业，缘于他敢于跟美国商务部叫板，并大获全胜。

如雷贯耳久矣，然闻名而已，惜无缘相见。我始终想知道，这镶满珍珠的光环背后，是怎样一个人？这个闻名遐迩的人，有多少故事呢？

当有幸捧读先生的《冲坎闯关》一书之后，我方知先生“梅花香自苦寒来”的坚韧，“任尔东西南北风”的洒脱，“车到山前必有路”的自信。我方知光环的背后，是拼搏与辛酸，是责任与担当，是抱负与情怀。

当有幸一睹仙颜，便惊为神人。先生温文尔雅，待人谦和，谈笑风生，有如沐春风之感。

当先生谈到自己有写作之意时，我颇为疑惑，这样一位在商海中叱咤风云的泰斗，怎么可能静下心来在文海中苦苦耕耘呢？不料，先生一出手便让人有“笔落惊风雨，诗成泣鬼神”之感。

中者，天下之正道。柯者，斧柄也。冥冥之中，先生注定要承担比别人多的责任，而要铁肩担道义，必须有异于常人的情怀。

先生心里，有一份最真挚的爱，那便是感恩，那便是感动。作为一个儿子，对母亲的感恩，不仅仅在于回报了多少，更在于记住了多少。记住了母亲的辛苦与痛苦，记住了母亲在生活中给予的点点滴滴，你才能在力所能及的时候真正报答母亲。在《老娘的“绝活”》中，他把母亲赶海蛎子的遭遇写得让人有身临其境之感。我想，先生一定记住了母亲的辛苦。他说：“我无法想象瘦弱的娘是怎样走过来走过去的，但我明白娘把泪水吞了回去，把对美好生活的向往写在被海风吹皱的脸颊上。”

先生心里，有一处魂牵梦绕的地方，那便是故乡，那便是祖先。《把根留住》一文，先生把李氏一脉进行了梳理——“李氏在国外，李氏在中国，李氏在乳山，李氏在李家。家族在李家”。李氏一脉，在外求职者人才济济，佳绩频传；在乡务农者辛劳本分，重德行孝。字里行间，写满了先生对李氏家人的祈盼，充满了难以抑制的自豪感。

先生心里，有一种无法放弃的情怀，那便是责任，那便是担当。“居庙堂之高则忧其民，处江湖之远则忧其君。”先生在《“上善若水”之管见》中说：幼时“学善”，爷爷、母亲的言传身教，让我“在求善的路上走得远一些，好一些”；中年求善，“在困难和压力面前怎样能激流勇进，在荣誉和鲜花面前怎样能急流勇退”；晚年求善，退而不休，出版《冲坎闯关》激励后人，开办“海泊轩茶社”以茶会友。

任何时代，都有随波逐流不思考的人，但也有冷静深邃的思考者。得过且过的人，只能沦为浮萍与枯草，而思考者的目光终将成为时代的火炬，思考者的言论必将成为民族的灯塔。

先生退而不休，时刻思考着人生，思考着世界。“风声雨声声声入耳，家事国事事事关心。”对生活对社会深深地思考之后，行之于文，则振聋发聩。先生将文集命名为《闲居随笔》，我却觉得，先生可谓“闲居不闲，随笔不随”。《放下就快乐》《总结人生一个字——“度”》是对生活、生命的呵护，《“厚德载物”的“德”》《对与错》是对人性品行的思考……篇篇都有爱，字字都是情。

经历和阅历是最大的财富。工人、农民、市民，市场、官场、商场……可谓见多识广；先生具有多年实用文体的写作经验，可谓文字功底扎实，故先生文笔行云流水，思想高屋建瓴。有时，信手拈来一些小素材，就能以小见大，演绎得令人赞叹不已。《酒与茶中有心态》中，先生面对最普通不过的“酒”和“茶”，精骛八极，心游万仞，让我们不仅领略了酒文化、茶文化，还在不知不觉中触动了灵魂——人生苦短，需要“养心、养身、养德、养神”。

白居易说：“感人心者，莫先乎情。”在《真情实意的月季花》一文中我们看到，门口的两株月季，让先生魂牵梦绕，“第二天早上，雨夹雪如期而至，我三步并作两步开门看我的月季花”。当看到月季花“高昂着的头已深深低下”时，先生“轻轻地把它剪下，先放在保温箱里拍照留念，然后请回家中，放入花瓶。在大厅中间足足放了五天，见花瓣已干枯，我选了个箱子存放起来，并送到了我的书房。此时为2018年12月15日下午3点整”。你能说先生不是个多情的人吗？

正因为有丰沛的情感，先生睹物生情，文思泉涌。他在《竹与人》中说：“我爱竹，爱她的挺拔、修长、青翠，爱她的凌霜、傲雪。”随着门前竹子长出、长高、长成林，先生的情愫迅速发酵，洋洋洒洒近两千言，取譬设喻，借物抒情，让我们懂得了无欲则刚，懂得了虚怀若谷，懂得了坚韧不拔。

先生嘱我写序，我实在诚惶诚恐，急忙回信推辞，但先生心意已决，我只能恭敬不如从命。平时，我都称先生为“李总”，可能我敬重的是他在商海里的拼搏与成功。重新拜读先生的作品，一种敬意油然而生，觉得称“先生”更合适。

诗以言志，文以载道。先生之文，叙事，娓娓动听；说理，切中肯綮；抒情，情深意切。《奇迹的背后》一文在媒体发表后，感动了无数人。主人公也被社区推荐为道德模范，记者接踵而至，影响力在扩大。我想，这就是文学的魅力。《闲居随笔》一书付梓之后，将更能发挥正能量。爱在，情在，情怀绵绵无绝期。是为序。

己亥年冬月初十

（作者系乳山市作家协会副主席、乳山市第一中学高级教师。）

自 序

前段时间，我看了一名美国著名记者写的文章，文中的主要内容是讲：在中国，有一代最能吃苦、对改革开放贡献最大的人。他讲道，以后这一代人再也难找到。他说的这一代人，就是现在六七十岁的这一代人，也就是与共和国同年岁的人。

我认为文中在讲我们这一代人的时候，还有两个突出特点没有提道：一是创造了一个世界级的品牌，叫“中国爹娘”。现在很多人讲：“幸福的生活就是开德国的车，住瑞士的房，娶日本的媳妇，有中国的爹娘。”很多中国的爹娘，为了自己的儿女，倾其前半生的所有；为了儿女的儿女，又倾其后半生的所有。我走过世界很多国家，像中国这一代人这样做爹娘的，确实没有。另一个特点就是，忧国忧民的情怀很重。我们这一代人是在毛泽东思想的哺育下成长起来的，养成了关心国家大事的习惯。很多人关心政治比关心经济多，关心国事比关心家事多，关心社会比关心自已多。几十年来，几乎天天看新闻，常常论国事。特别是自改革开放以来，社会政治、经济、文化等发生了巨大的变化和激烈的碰撞，再加上国际风云变幻，科技日新月异，可忙坏了我们这些“吃瓜群众”（这是近几年的网络用语，意思是关注与自己无关的事的人)。有人讲：“我们这一辈人是拿着工人的退休工资，操着国家总理的心。”

我更是“吃瓜群众”的突出代表，我不仅关心世界上每天发生的政治、经济、军事和科技事件，而且有时还想讲出自己的想法，这本《闲居随笔》就是这样产生的。

书中的九谈，除了谈国学、谈哲学，还谈了未来的世界将由现代版“三国演义”向新版“三国演义”演变。朋友说我“不仅吃的瓜多，而且专拣大的吃”。我觉得我吃得挺香，挺甜，而且还很有味道。

我真正从事文学写作是近三年的事，退休在家，闲来无事，就想学着写点东西。五年前，我写了本《冲坎闯关》，是写自己经历过的坎和关。一种文体写到底比较容易上手，不到半年就写成了。现在要写的文章，因写的内容不一样，文体也不一样。我根据自己选的题目，想怎么写，便怎么写，在不在理，根本没多想，确实是“随笔”。

《闲居随笔》初稿完成后，有朋友问我，最让我动情的有哪几篇。我讲：“《老娘的‘绝活’》《军嫂红燕》《奇迹的背后》让我最动情。”我这人眼皮子软，每篇文章都让我流了不少眼泪，特别是《军嫂红燕》。写完之后，我发誓再也不写情感方面的文章了。

朋友问我对自己影响最大的有哪几篇。我说《竹与人》对我影响最大。我因窗前的竹子拿起了笔，开始学着写文章。我写的《把根留住》，已被我们西大李家族委员会收录在刚出版的《李氏谱书·文化卷》三十三卷下册。我被增选为西大李家族委员会副会长。据不完全统计，西大李家族已超过十万人。

我在《以竹思人》中，把我人生中每个重要节点遇到的领导、老师、朋友都进行了回顾，他们让我及我的儿孙们一辈子铭记在心。

竹子的根，竹子的节，竹子的空，竹子的枝叶，都给了我人生很大的启迪，我决心终生以竹为镜，争取做人如竹。

我文凭不高，文字功底不深，三年的时间怎么努力也补不上来。好在我的经历和阅历对我帮助很大。很多人都是一种职业干到老，一个地方待到老，而我从农村到工厂，从市场到官场，前后三十年。五十岁辞职后，我办了两个民营企业；五十六岁退出企业后，当了三年顾问；不到六十岁便开了个茶社。我熟悉工人、农民、市民，熟悉市场、官场、商场，特别是过去经营的产品市场都在国外，我经常出国，这让我熟悉了国际市场。另外，我生活的地方从农村到县城，从县城到北京，从北京到青岛，大、中、小城市我都生活过，也算是见多识广，再加上年轻时我经常写一些实用文体的文章，养成了善于观察和总结的习惯，为这本《闲居随笔》打下了较好的基础。

本书的出版，得到了单增科老师的倾力相帮，中柯、增科，如切如磋，如琢如磨；张淑艳老师的鼎力相助，我写的散文，她都在朋友圈转发，受到了众多读者的欢迎。在此，我向两位老师表示衷心的感谢！

三年前，在跟乳山作协的朋友座谈时，我曾说过争取在三五年之内，把我的所见所闻、所思所想写成书。现在已过去近三年，也算没有食言。

笔耕三年，既不敢出书立言，也不想出书挣钱，唯一的目的就是为社会进几句良言，与朋友谈几点体会。华为总裁任正非讲：“所有的生意终将死亡，唯有文化生生不息。”让我们为生生不息的民族文化共同努力吧！

目　录

第一辑　谈知恩　话谢恩

第二辑　谈美德　话楷模

第三辑　谈玉竹　话成长

第四辑　谈国学　话厚德

第五辑　谈哲学　话人生

第六辑　谈社会　话巨变

第七辑　谈酒茶　话兄弟

第八辑　谈当下　话快乐

附录

后记

第一辑

谈知恩　话谢恩

老娘的“绝活”

二十世纪五六十年代，我们国家穷，我们村穷，我们家在我们村最穷。

我们国家穷，是因为自鸦片战争以来近百年备受列强的野蛮掠夺，抗日战争、解放战争等战争使人民处于水深火热之中，百业凋敝，百废待兴。

我们村穷，是因为村子比较大，人口多，耕地少，再加上在海边，沙地多，粮食产量低，所以我们村比邻村要穷一些。我们上学时路过杨家村，一个小孩哭个不停，她妈说：“再哭，就送到沙李家饿死你。”她说的沙李家就是我们村。

我们家穷，是因为父亲是个典型的老实农民，一人养着八口人，家里没有在生产队出海打鱼的（后来得知，凡是在生产队打鱼的，打到的鱼大部分都在船上分掉拿回家），也没有在外面上班的，更没有在村里担任一官半职的，只能是穷上加穷。

小时候，生产队年底结算时，有的人家里收两三百元，少则几十元。我家是多年的超支户，不仅一分钱没有拿到，还欠生产队四五百元。更让人寒心的是，过年时，对少数超支户，生产队每家借给五元钱过年，可是我家不是贫下中农，生产队一分也不借。很多年，我家过年不见鱼，不见肉，爹娘都是在无奈中带着我们过别人幸福、我们痛苦的新年。

幸运的是，我们有一个心灵手巧的娘，有一个辛勤倔强的娘。娘绞尽脑汁、千方百计地将一个困难的家拾掇得井井有条，让我们在寒冷中得到温暖，在痛苦中获得幸福，在失望中孕育希望。我娘身高不过一米五，体重不过一百斤。娘就这样以瘦小的身躯，靠赶海蛎子（牡蛎的苗）支撑起这个家。

海蛎子长在海里的礁石上，浅水区的蛎子个头小，也不肥，深水区的蛎子个头大，肉肥，特别是入秋之后，海蛎子更肥、更大。秋天，是我娘最盼望的好季节。

我娘总是到村前的“海石烂”岛去赶海，为的是多收获一些海蛎。它离村有四五里路，这四五里路多数是沙地，也有一段是泥沙地，没有硬实的路可走。走完这段路非常费力，特别是带着几十斤重的海蛎子走起来更费劲。我娘力气小，为了减少重量，只能取海蛎子的肉带回家。海蛎子硬硬的皮带着刺儿，紧紧地包着里面的肉，要把肉取出来就是一个技术活。她将一根四寸长的粗铁丝，一头安上一个木把儿，一头烧红后打成扁的锋利的尖儿。娘找到海蛎薄弱的地方，将铁丝尖儿扎进去，慢慢推到根部，然后一剜，就将海蛎肉抠出来了。

海蛎子的壳既结实又棱角锋利，娘急于得到更多的海蛎子，心急手快，手常常被刺得鲜血淋漓。娘把受伤的手伸进海水里，说这样既能消毒又能止血，然后继续抠海蛎肉……后来，条件好了，娘戴上了手套，手不再流血，收获的海蛎子更多了。

赶海是讲究潮流的，也就是说，要等潮落露出乱石后才能赶海，涨潮就赶不成了。一天中适合赶海的时间不足两个小时。为了多赶一些海蛎肉，我娘不仅学会了这份手艺，从来不肯晚去一分钟，还总是最后一个离开，因而赶的海蛎子比别人多。

赶海蛎子最好的季节是冬天刮大风以后，退潮大，海蛎就多。冬天赶海，身上要穿厚厚的棉衣，脚上要穿水靴，头上要戴棉帽。这身穿戴本来就笨重，再行走于泥沙滩，就更困难。特别是赶海归来，经过大半天的紧张劳动，娘又累又渴，带着几十斤海货，顶着呼呼的北风在泥沙滩上行走，简直寸步难行。我无法想象瘦弱的娘是怎样走过来走过去的，但我明白娘把泪水吞了回去，把对美好生活的向往写在被海风吹皱的脸颊上。

赶海有一个好办法，就是坐船赶海，这样就可以只走陆地，不用走泥沙地。但晕船的人就不行了，我娘就晕船，并且是属于晕得厉害的那种。有一次坐船赶海，上船不久，娘就开始吐，到了赶海的岛上，肚子里吐得什么也没有了，但娘还坚持赶海。待晚上回家，娘面无血色，脸瘦了一圈，躺在炕上一睡就是两天。醒来后，娘说："再也不坐船赶海了。"

第三天，娘又开始走泥沙滩赶海，等她快回来的时候，我到海边去接她，终于知道娘受的苦有多大。我看到她走过那块泥地的时候，大风把她吹得摇摇晃晃，如果不是那几十斤海蛎子，恐怕娘就被风吹走了。

我在心里恨我父亲是个农民，恨我三个姐姐都是女的，不能替娘分忧，恨我自己不能快快长大。如果三者有其一，我娘就不会这么累，我家的日子也不会过得这样苦。我快步地跑过去，想接过娘的袋子，娘摇摇头说："等你长大了，娘就不用赶海了。"

我娘冬天大部分时间在海里，赶海蛎肉的技术日渐提高，海蛎肉数量也多起来，除了小部分用于改善自家生活，大部分由我父亲骑着自行车运到外地卖了，日积月累到了年底能卖两三百元。在那个年代，两三百元可是大钱，我们全家人过年就能像富裕人家一样，该买什么就买什么。家里有了钱之后，我就能穿上用最流行的布料做的新衣服，自那以后，我很少穿有补丁的衣服。

老娘靠赶海撑起了这个家，在村里有了面子，在家里说话也有了底气。她对六个孩子从来不打不骂，靠说理把我们管得老老实实。我们六姐妹都怕她，一旦哪个犯了错，她的"八大理"就开讲了：一是人要脸，树要皮；二是人穷不能志短；三是说话办事不能过了头；四是吃亏是福；五是人心里都有杆秤；六是好人有好报；七是钱财要干净；八是人在做天在看。此外，还有不能到别人家吃东西，不能接人家给的东西，见人要有礼貌，要会称呼长辈，等等。

我九岁时，我姨从部队捎回胸前戴的毛主席像章。在那个火红的年代，戴上毛主席像章是很风光的事。一周后，看电影时，毛主席像章被人抢了去，我心里难受得很。没过几天又放电影，我就抢了别人一个，高兴地跑回家告诉我娘。我娘一看，脸就沉了下来，对我讲了半个多小时的道理。从吃亏是福到做事不能过了头，再到钱财要干净，最后问我：你以后被人偷了钱，你能去抢银行吗？

我只好哭着把像章还给人家，并道了歉。

老娘经常对我们说理，她自己也守着这些理。我们家在村子中央，在大队部的旁边，因此来我村讨饭，盲人来演出，公社驻村干部到这儿来住宿都是常有的事。凡是讨饭的，从没有从我家空手走的。管盲人的饭，碗要刷两遍。我问她："你刷这么干净，他能看见吗?"我娘说："他的眼睛看不见，但心里能看见。"公社驻村干部有的在我家一住就是四年（一分钱房租都没有）。有时因开会，外村有事，他们回来赶不上村里的饭，我娘就做饭给他们吃，从不让他们饿肚子。

四十多年后，驻村的原公社团委书记李永秀还记得我娘用海蛎肉包的包子好吃，青岛下乡知青杨柏青还记得我娘做的地瓜面汤好喝。

我们家是个大家族，六辈以内都有往来。我能办点事以后，在找工作困难的年代，谁家孩子大了，老娘叫我一家照顾一个。出国挣钱容易，老娘又叫我一家照顾一个。帮助亲朋去韩国打工的时候，中方可以不收取费用（中介公司两年一般收费四万），因为韩国方面是合资方。他们都很感谢并想有所表示。老娘给我定下规矩："我不接一分钱，你也不能接一分钱。"就这样，她总共照顾了十一个家庭。对于我夫人那边的亲戚，她叫我一碗水端平，能照顾的多照顾一些。我夫人的舅舅有三个女儿，舅舅不到五十就去世了，舅妈一个女人把三个女儿拉扯大，我娘让我多照顾一些。当得知一个安排工作，两个去韩国打工，她的脸上露出了少有的微笑。

大乳山因为像女人的乳房而得名。乳山有三宝，牡蛎是三宝之首，被称为“海里的牛奶”。大乳山在我家西边不远处，全国最大的三万亩牡蛎养殖基地就在我家前边。

每个人的母亲都很伟大，我的母亲是伟大母亲的优秀代表。每个人儿时都吃母亲的奶水长大，但时间很短。如果把海里的牛奶——牡蛎加上来，我吃奶的时间在十年以上。

我尽管生在农村，但从小偏食，不吃菜包子、菜饺子，不喝地瓜面汤，不喝豆面汤，这些本是农村改善生活的好饭菜，可是我不吃。我只爱吃海蛎子和米面。老娘没办法，几乎把家里少有的米面都给了我，她靠双手尽量满足我对海蛎子的喜爱。

我不吃的东西很多，发生在我身上的意外也很多。我五岁时腿断过一次，七岁时又断过一次，都是老娘找人治好的。娘的精心护理使我没落下任何后遗症。

老娘不仅呵护我的身体，还关心我人格的培养。我上小学四年级时，开学要买新书，买新课本。晚上睡觉时，老娘以为我睡着了，对我父亲讲：“现在也不让卖海蛎肉了，他明天上学要缴一元六毛钱，白天我翻了翻，只有一元二，还差四毛，你明天一早拿十个鸡蛋卖了，把钱放在柜子里，别让他知道咱家没钱。”

我这才知道，每次买书，买作业本，他们都让我自己从柜子里拿钱，就是为了让我知道我们家不缺钱，只管读书好了。我偷偷擦着泪水，立志要为父母争口气。

如果说母乳和海蛎子是让我把身体养大的食物，“别让他知道咱家没钱”这句话就成了我一辈子的精神食粮，它激励了我一生。好多人不知道我奋斗的劲头为什么那样大，其实秘密就是这句话。

很多年来，我对老娘的“八大理”悟得不深，现在兴起了国学热，其实老娘的“八大理”条条都是国学的精华。现在我也学着老娘的样子，给儿孙讲这“八大理”。我想这是育人之道、做人之本。记住这“八大理”，我们在人生的路上就能一帆风顺。

我现在有点小成就，别人叫我“高级经济师、优秀企业家、市长助理”，我感觉没什么，唯有说我孝顺，让我受不了。老娘用生命呵护我一辈子，我那点孝算什么？值得一提吗？我心里深知我的孝做得远远不够，我不是一个孝顺的儿子。

曾国藩说：“读尽天下书，无非一孝字。”一个人即使有再多的钱财，当再大的官，忘了行孝、尽孝、传孝，也是失败的人。

今年八月十五，我们一家四代回到李家，在老娘家过节。酒足饭饱之后，还剩下半盆没开口的牡蛎。九十四岁的老娘拿过小刀就要起，我们都不让，怕她伤着手，但她很快都掰开了，分给我们十多人每人吃几个。老娘这绝活真是练到家了，她不肯浪费一点点。

家族兴衰看老人，一个好娘管三代。

抚今追昔，我们姊妹六个又生育了十一个儿女，大学以上学历的有十人，有的是博士生，有的是研究生，他们分别生活在北京、上海、广东、美国、加拿大等地，家家都过上了小康以上的生活。

我的儿子比我强，三十岁就能独当一面，事业干得有声有色。孙子、孙女也很优秀，孙女三岁时在北京市唱歌比赛得了金奖，主持人比赛得了银奖。2019 年春节，孙子、孙女上了中央电视台《少儿春晚》。晚饭后，老娘送我们走时，满脸都是幸福的微笑。我在车上想，家族能走到现在，离不开老娘赶海蛎子的“绝活”，也离不开老娘为人处世的“绝活”啊！

当我写完这篇文章，擦干眼泪要收笔的时候，门口草地上传来了歌曲《天之大》优美深情的旋律，句句让我心头颤动。当听到“天之大，唯有你的爱是完美无瑕”的时候，我的眼泪又哗哗地淌出来了。

流吧，让眼泪洗刷我常常忘了行孝、尽孝的过去吧！

流吧，让我永远记住，在老娘的有生之年尽最大的努力多孝敬她，让娘长命百岁！

渡情

——李家联中五十年师生见面会

2018 年 5 月 19 日，这个不同寻常的日子里，李家联中阔别五十年的师生终于见面了。

“老师，您好！”“同学，你好！”都已年过花甲的我们仿佛又回到了五十年前，回到了阔别五十年的李家联中，回到了儿时读初中的年代。班主任陈夕亭老师正在给我们上课……

今天从长岛赶来的陈老师没有给我们讲课，却带来了满满的真情、满满的爱，还有满满的感动！

一个多月前确定了今天的相聚时，陈老师便一直在开心地忙活：他给很多同学打了电话，他建师生朋友圈，他要安排照相，为大家制作通讯录，还想请大家吃饭……一个月以来，他甚至连觉都没睡好。而最让他操心的是为今天的相聚找人做横幅，横幅做多大的？内容如何书写更能体现这次师生见面会的真情与意义？他反复思考反复修改，反复掂量，几经周折，终于做成了他最想要的样子，他开心极了！

他像孩子盼着过年似的期待师生见面会早日到来……

5 月 17 日，他出发的日子终于来临。他兴奋得一夜没睡好，大清早就在儿子的陪伴下来到港口，满心欢喜地等待出发。他等啊等，可海面只见大雾不见船。他继续耐心地等，期待大雾快点散去。可是，他等过了清早，等过了上午，又等过了中午，大雾一点散去的意思也没有。等熬到下午三点，天公考验他似的依然不肯收回那大雾，他期待中的船帆当然也没出现。而过了三点钟就意味着当天的渡船不可能再出现。心急如焚的陈老师沮丧极了，他恨不得长出翅膀飞过海面，飞到师生见面的目的地——乳山。

怎么办？怎么办？陈老师急得如同热锅上的蚂蚁。望着雾蒙蒙的海面，陈老师简直快要哭了，如果今天走不了，阔别五十年的师生见面会将不能如期举行，他期待这个激动人心的日子已经许久许久，他绝不允许因为雾大自己无法成行而使见面会改期，哪怕延迟一天甚至半天也不可以。

无奈之下，陈老师只好让儿子赶紧帮忙解决，他认真而严肃地告诉儿子："想尽一切办法帮我找船，今天必须让我出发，没有任何余地。"可是这怎么可能呢？因为这样的天气是没有任何船能外出的，太危险了！再说海事部门也不允许任何船外出。情急之下，陈老师命令儿子："租一个橡皮艇送我出去，我要偷渡！"儿子说不管是船还是橡皮艇，都不可以，都一样危险，偷渡更不可以。儿子坚决不允许已七十多岁的陈老师走，而陈老师铁了心要走，必须走。

儿子实在拗不过陈老师，他知道再大的雾也挡不住陈老师见学生的脚步，在陈老师坚定的决心面前，任何话都是苍白无力的。儿子已被陈老师饱含爱意的师心深深打动，他顾不得是否违规，是否危险，他费尽心思，终于帮陈老师租到了橡皮艇。

怀抱着为这次见面会精心制作的横幅、通讯录的陈老师坐在橡皮艇里如释重负！这样的航行是危险的，但他早已无暇顾及自己的安危。望着这漫天大雾，他的心豁然开朗、畅快无比。是啊，终于要见到他日思夜想、离别五十年的学生了，他再也不用整天对着学生初中时的照片去默念他们的名字，去想象他们现在的样子了，真的就要相见了！陈老师开心着，激动着，他把横幅抱得更紧了……

橡皮艇载着陈老师和他满怀的思念与祝福终于安全渡过了海面，渡过了云雾，一直渡到了我们每个人面前，每个人都被这深情打动。

“五十多年喜相逢，跨越世纪师生情！”陈老师带来的横幅上动情的话语，弥漫着老师对学生的丝丝思念、殷殷祝福和款款深情。横幅有限，师情无限。离别五十年，时间很长，但师生情更长！

我生命中最重要的三位老师是李英芹老师、李淑兰老师和陈夕亭老师。

李英芹老师尽管多年未见，但我通过亲朋好友知道她身体好，两个姑娘很优秀，姑爷也很棒；李淑兰老师是我的姐姐，交流得比较多；只有陈夕亭老师，除了知道他年轻时调到了长岛工作，其他方面一无所知。

我们那批学生是贫下中农管理学校的最后一届，能否上高中是推选而不是考试决定的，十个人只有一个能上高中。我能读高中，班主任陈夕亭老师功不可没。

每次想起这事，我心里就难受得很，为此我常常寝食难安。一个人与自己的恩师几十年没有联系，找一万个理由也不成立。去年二月，我终于找到了陈老师的联系电话。尽管电话交流很多，放下电话，心里仍然不是滋味。

去年夏天，我邀请李中楷、裴新峰前往长岛去看陈老师，陈老师高兴得像个老小孩似的。令我没想到的是，陈老师依然保留着很多初中学生的照片，并在下面一一标注出各自的名字，老师有事没事地就读这些名字，看看这一张张年少的脸。这事对我的触动特别大！我从不知道学生在老师的心中分量是如此重，老师对学生是如此思念，这份思念是那么真切和令我感动。他像父母牵挂儿女一样地牵挂着我们每个人。因此我萌发了组织一次师生见面会的想法，并于今天成行。这是我的心愿，更是老师的心愿，也是大家共同的心愿……

掌声雷动中，73 岁高龄的陈老师非常激动地走上台来，我们为老师献花、戴花，一一和老师握手拥抱。握着陈老师的手，我思绪万千。就是这双手，曾经在黑板上奋笔疾书，把一个个难懂的数学公式和定理轻易地破解，带我们进入神秘而有趣的数学王国；就是这双手，曾无数次地轻抚我稚嫩的肩膀，给予我温暖与呵护；就是这双手，曾轻轻牵着我的手，把无尽的师爱传递于我。如今这双手，尽管不再那么有力，可他给予我的师爱却更加厚重，更加深沉。

我们禁不住与老师紧紧相拥，五十年的光阴，使恩师头上增添了白发；五十年的光阴，我们也已从少年变为花甲老人。可是不管岁月如何变化，我们的容貌如何变化，恩师慈祥的面容和恩师的仁爱之心都一直不变，我们发自心底深情地告白：老师，您好！老师，您辛苦了！喜悦的泪水、激动的泪水、感恩的泪水此时化作师生脸上最美的笑靥……

我深深地自责：我为何没让这拥抱来得更早些？为何没让这见面来得更早些？老师，真的是我没有做好，请您原谅我吧。

我努力平复自己的心情，代表今天到场的四十个同学发言，我深情地朗诵我为本次见面而写的诗《老师，您好》。

老师，您好

——贺李家学校五十年部分师生见面会

五月，生机勃发。
花儿离不开园丁的辛勤浇灌，
种子发芽凝聚了园丁的汗水播撒。
今天的我们已花开四季，
五十年的种子早已开花结果。
我们能一路走到今日，
恩师辛勤哺育，功盖天下。
很想写出感谢恩师的话，
可惜没有妙笔，很难生花。
古诗一首，
把我们的一片深情表达。
绿叶堂开占物华，
路人指道令公家。
令公桃李满天下，
何用堂前更种花？

这是古人对老师的赞美，
也是我们想对恩师说的话。
五十多年了，五十多年了啊！
对昔日的恩师心中惦念，
却未曾登门探望您呀！
对恩师的哺育心存感念，
却未曾直白地表达。
我们心灵深处虽有恩师的身影，
但也经常是咫尺天涯！
今天我们相聚在一起，
就是为了补上这一课，
大声说出“老师，我们想您”，
这是早应该喊出的话！
对恩师的淡忘，是学生的错，
在此请恩师批评，最好是大声地责骂。
今天我们全体起立，敬礼！
请恩师把这份歉意收下，
也把我们一起带回家。
有大学生聚会，有高中生聚会，
但小学初中同学的聚会，
才是真正的不忘初心、芳思交加。
问渠那得清如许，
为有源头活水来。
人一辈子开什么花、结什么果，
小学初中就定下根基。
今天的我们不是达官，不是显贵，

但正直、骨气、正义，
伴着我们度过人生的年华。
相约唱着激情燃烧的岁月，
在蹉跎岁月里，我们没有掉队，
今天还能挺起脊梁，送恩师一束鲜花。
改革开放四十年，正值我们的青春年华。
为国，我们奋斗过，也奉献过，
为家，老少四代重担一肩挑，
心里虽苦，但也是其乐无穷啊！
现在，我们已光荣地离岗，
新的人生，我们的世界满天彩霞。
今天见面好像您不认得我，
我也想不起他。
但三尺讲台前的恩师，
把我们带进儿时的童话。
我们曾光着屁股摸过鱼，
也曾一起到田里偷过瓜。
尽管在过去的岁月，人生历程差别很大，
但现在都回归人生的老家。
我们由一个小小孩逐渐变成一个老小孩，
儿时是“快乐简单”，
现在我们就“简单快乐”吧！
今后二十年，我们要兑现一个承诺：
五十年前的老师，还当我们的班主任。
我们要电话常连线，
微信多转你、我、他。

再过二十年，我们来相会，
谁也不准私自跑掉，忘了大家。
再过二十年，我们还要来相会，
见到今天的你和我，
再叙师生友谊，再看绝代风华！

二〇一八年五月十九日

陈老师欣喜而认真地倾听着我的朗诵，他的眼睛已经湿润。待到他为我们讲话时，他更是激动得几度哽咽。他说他很想同学们，很牵挂大家，一直盼着在有生之年能有相见的一天……说着说着，他便老泪纵横，倾听的人也禁不住泪流满面。我更是已经哭到不敢抬头看老师，泪眼蒙眬中我让外甥把纸巾送给老师，然后流着泪继续听老师的倾诉。老师说他几乎不看电视，最大的爱好就是经常翻开自己制作的相册，特别是学生的相册和不断增加的学生的通讯录。他说见物如见人，哪怕看着通讯录里的电话号码和一个个平常的名字，他都欣慰无比。每看一次，心中的思念便会增加一分，一次次地翻看，一次次地思念，心头被对学生的思念深深地缠绕。这是怎样的一份师情、一份师爱、一份师心？我激动得泣不成声！

老师说为了能送给所有参加见面会的人每人一份通讯录，他把师生通讯录一笔一笔地抄写在红纸上，之所以不用电脑打印，是因为考虑到很多同学不会微信，还因为这样可以见字如面。他说这是他为大家刻意准备的别样的礼物。

这份礼物已很贵重了，但是比礼物更贵重的是老师为制作这“礼物”而耗费的时间，而花费的心思，以及他对每个学生的思念与牵挂。老师把这时间、心思、思念与牵挂也作为礼物送给了我们！如此师情，何以回报？我唯有泪流满面……

老师，我们彼此等了那么久，思念了那么久，多少个日夜我们因彼此的想念而流泪。如今的相聚，所有的泪水都诠释着温馨诠释着幸福诠释着情真意切。世界上有一种情，超越了亲情、超越了友情，那就是师生情，我愿为这份情永远守候。

老师，感恩您“偷渡”而来，感恩您渡情深深，您曾把我们渡到知识的彼岸、理想的彼岸。如今，您用深深的师情，渡我们到快乐的彼岸、幸福的彼岸、真情的彼岸，您永远是我们的摆渡人。

渡情深深，师情难忘……

再约十年举寿觞

——邵书君先生八十岁华诞贺词

尊敬的邵老和夫人、尊敬的各位来宾：

大家中午好！

今天是我们尊敬的邵老八十岁大寿。邵老的八十岁大寿正逢中国纪念改革开放四十年。四十年前的一九七八年八月一日，我同今天主持寿宴的胡新会同志等八十名工人到了乳山罐头厂。那时邵老四十岁，不经意间在邵老的领导下，我们一起走过了四十年，我这个少不更事的青年步入了花甲之年。

这四十年中，我们经历了人生的巨大变化，但邵老在我心中的位置，对我思想的引领和个人的影响力始终没变！

今天，我非常高兴地参加此次宴会，首先我代表我自己，同时也代表我的家人向邵老的华诞表示热烈的祝贺！也请允许我代表今天在座的各位向邵老的华诞表示热烈的祝贺！同时，我代表原乳山罐头厂，原一轻系统的干部职工和在乳山受到邵老领导和教诲的同志们，向邵老八十岁华诞表示最热烈的祝贺！祝邵老生日快乐，健康长寿！

在发出这一声声祝福的同时，我就在想，在乳山有谁能享受到这么多人最真诚的祝福？这些年，我除了给家中老人办过寿宴，我仅参加邵老的寿宴。对今天的寿宴，我预约了十年。这个约定是在给他过七十岁生日的时候，我当时就在心里按下了倒计时按钮。我想不仅我有这个心愿，很多人同我一样，也有这个心愿。

打开窗户，我们在乳山县城找一找，看一看，还有谁能享受这多人的祝福，受得起这么多人的祝愿？我想除了邵老，没有第二人！

四十年前，在乳山罐头厂我给邵老当秘书；三十年前，邵老让我担任果汁公司总经理。邵老是我人生路上的领航人。我深知邵老的为人处事、做事风格，邵老不仅对我个人的影响很大，他的智慧，他的正气、做人的骨气、处事风格、工作作风、领导方法等，也引导、教育、影响了乳山罐头厂和一轻系统的一大批人，今天在座的于国年先生、胡新会先生和我就是其中的代表！

邵老在罐头厂当书记时，把一个亏损企业变为乳山工业的一面旗帜。社会上有“乳山罐头厂是一轻党校”之说，不管这种说法对不对，但事实是，从乳山罐头厂走出了很多厂长经理，走向官场成为科局级以上领导的有十人之多。并且从这个“党校”走出来的人，目前贪官一个也没有，基本都是清官。

邵老在乳山一轻局任局长之后，一轻局的继任者到现在已有七八位，乳山人能记住的一轻局领导只有邵老。很多继任者都有一个不解之谜：“为什么老一轻局的人，向心力、凝聚力、积极向上的精神这么突出？”其实谜底就在邵老。

邵老不仅在工作上领导有方，经营家庭也是有口皆碑，他的三个儿子个个优秀，三个儿媳人人都夸，三个孙子孙女个个都发展得非常好，家庭幸福、美满、祥和。试问在乳山可有第二家？

邵老在位时，很多人敬他，围着他转，这不难理解。现在邵老退休二十年了，仍有很多人敬仰他，念着他，围着他，这是为什么？现在要找这个答案很容易。时下，社会风气极差，很多人为了钱、为了官，不守底线、不择手段，不是把家庭搞垮了，就是把自己搞倒了。问题归结到一点就是很多官场、商场、娱乐场的人“缺德”。

邵老继承、坚守、践行“厚德载物”“自强不息”和“上善若水”的精神，砥砺前行，一生守住做人的底线和做事的准则。

今天我们参加邵老的寿宴，就是接过他的“行善积德”的接力棒，一代一代地向下传。最后让我们再次祝贺邵老：

福如东海长流水，
寿比南山不老松。
青松不老春常驻，
鹤发童颜美人生。

现在我有一个建议，请大家此刻从心里按下一个按键，邵老九十岁生日，我们要来，一百岁寿诞我们也要来。我们努力争取在他老人家的旗帜下，一个也不掉队、一个也不落伍。同意的让我们用最热烈的掌声表示通过！

谢谢大家！

二〇一八年农历九月二十日

真情实意的月季花

很多人都非常喜欢花，但只是喜欢，大都不太会养花。

我在六十岁之前也曾养过几盆花。退休前，每年春节朋友都会送我一盆盆即将盛开的杜鹃、兰花等，但没过多久，这些花不是涝死，就是旱死。那时我就知道，养花不仅是个细心的活，还是个技术活，不认真学点养花常识，花是养不好的。

在花的世界里，我喜欢的花不少，但我最喜欢的是月季花。我喜欢月季花有一个小花絮。我三年级时就喜欢看小说，读的第一本小说是《林海雪原》，尽管书中有些字不太认识，但主要情节和人物我都能熟记，并经常讲给同学们听。其中对描写女卫生员白茹的那句“万马丛中一小丫，颜似露润月季花”，我印象很深。那时，我还不曾见过月季花，但从诗中知道它很漂亮，因为书中的白茹，年方十八，年轻貌美，人称“小白鸽”。

有一次我讲到这句时，被一个大我三五岁的自家堂哥听到，他严肃地说：“以后不准说什么花呀，鸟呀的，这是资产阶级情调。”再一看他胳膊上“鲁迅兵团”的红袖标，心里很是害怕。从此，我对月季花的喜爱只留存在心中，不再说出口。

我真正看到月季花时是二十二岁那年。因我干村团支部书记干得很出色，因此我被选为乳山县学大寨工作队的一员，驻夏村镇夏北村。我负责第九生产队，当时吃饭是到村民家里吃，每家吃一天。有一天到退休老干部宋相云家时，我看到院子里养了很多花，其中有一棵花开得挺大，很鲜艳，我便问宋老这是什么花，他说是月季花，它因月月都开花而得名，被称为“花中皇后”，这花适应能力强，耐寒、耐旱，和玫瑰、蔷薇并称为“花中三杰”。此花具有食用、药用、观赏、绿化环境等价值，以优雅、纯洁、高尚、美丽等特点为世人所喜爱，被评为“中国十大名花”。那时，我暗下决心，待我退休后，一定多栽月季花。

五年前，我搬到了青岛龙湖滟澜海岸，住在水系旁边，不仅室内面积比较大，而且前后都有小院，西山墙南北有四十多米，有不少可以利用的空地，除了栽上了十多棵果树外，所有空地还栽上了不同品种的月季花。其中有两棵是嫁接而成的，买花时人家就嘱咐我，这花能开三种颜色，嫁接成功不容易，让我好好善待它。我说放心吧，我会认真待它。

回家后，我找人做了两个木箱，把月季分别栽在里面，放在家门口。我每天出入都会多看几眼，从不让它缺水少肥。快到“五一”时，其他月季还没什么表现，这两棵每棵都有十多朵花已半开，有小碗口那么大，大红、微红、粉红三种颜色，异常美丽。尤其那大大的花瓣一层一层地紧紧簇拥在一起，让人心旷神怡，百看不厌。

好花半开，好酒微醉之感油然而生。

没过几天，两棵月季二十多朵花全开了，花的香气沁人心脾，那清雅的幽香，轻轻地散开，每一缕花香都那么撩人心扉，令我心花怒放。小区里有不少月季，像我家这两棵开这么多、花这么大的，仅此一份，因此吸引了不少邻居和游客前来拍照。有人开玩笑讲“这么好看的花，你可以收费了”，说得我心里美美的。

我这个人特不浪漫，属于比较古板守旧的那一类，最近十多年流行“情人节”送花，我是花没送人一束，也没人送我一朵。我自认为关于花的文章那都是有诗情画意的浪漫之人才能写好的。我养月季花五年来，想动笔写的念头一点都没有。

我提笔写这篇《真情实意的月季花》一文，是因为下面的故事深深地打动了我，感到再不记下这段真情实感，就有愧于花的真情实意。

今年十一月底，在临冬之前，树上的叶子已落完，我把门口两棵月季花修剪了一番，将残枝、高枝一一剪去，既为了树形好看，也为了保存养分以利来年。剪完没两天，它们各自又长出了新枝，我想等我从乳山老家办完事回来，再剪不迟。

在老家住了五天，我回来一看，两棵月季各有一朵碗口大的花已半开，比春天首次开的花还大。当时我就急了，因为天气预报已告知，明天有雨夹雪，心想你这是想同老天过不去呀！小区那么多月季花，人家都静静地等待过冬，你这时想开也开不成呀！看得我既心疼，又着急，心想这两朵半开的月季花，肯定会在雨夹雪中香消玉殒。我一天拍照两次，留下纪念。同时，我也发给亲朋好友，并附言：我家月季花在雨雪来临之前的最后一次绽放。很多朋友都感到惊艳，我在拍照时为了表示树上的叶子已掉光，有意向空中仰角，不经意间，让我家树上的俩窝鸟与地上的两朵花形成了对比，它们遥相呼应，独成风景，真是诗情画意，耐人寻味。

流连于两朵花间，我突然想到宋朝张耒的诗句：“月季只应天上物，四时荣谢色常同。可怜摇落西风里，又放寒枝数点红。”正应了我家月季冬日绽放之景，我对月季的喜爱顿时又平添了几分。

曾听朋友讲，喜鹊是风水先生，一是它筑巢的地方阳气足，二是它选的树安全可靠。我住的小区面积比较大，别墅有五百多套，墅院有两百多套，周边有三十多层的公寓楼二十多幢。

龙湖以绿化好得名，小区大树很多，但喜鹊安家独选我家的两棵榆树，可见此处风水不错。这两棵树经历了今年夏天强台风的考验。那场台风很厉害，我家旁边一棵槐树比我家这两棵榆树还高还粗，被台风拦腰刮断，但喜鹊选的这两棵树却毫发无损。此时我才明白，这两棵月季冬日绽放，阳气足是主要的，我这个主人施予的肥料是次要的，但不管怎样，同在一个屋檐下的我们也算是一家人了。我倍感动物、植物都是有灵性的，呵护它们，就是呵护我们自己。

雨夹雪的前一天，我无数次地打量这两棵月季花，晚上打乒乓球回来也不曾忘记去看它几眼，结果发现原来两朵半开的花儿竟然全开了，但那样子却让人感到，为这盛开，它用尽了全力。瞬间有感动在我的心头涌动。

灯光下它显得很是凄美，好像它已知道今晚再不把美丽呈现于我，明天雨夹雪来临之时，它将失去生命。此时天已很冷，我站在它面前，左看右看，上看下看，心想：几年来你表现得已足够优秀，没有必要在入冬前又盛开一次，希望以后这个时候你千万别开了，我受用不起啊！同时我也想好了，待到它们凋谢时，我一定会“厚葬”这两朵有灵性的月季花。

第二天早上，雨夹雪如期而至，我三步并作两步地开门看我的月季花，它们原来高昂着的头已深深低下。昨晚九点花才开，此时那大红的花头顶着薄雪，花瓣外面被一层薄冰裹着，完全是一幅雪中美人的凄美景象。我轻轻地把它剪下，先放在保温箱里拍照留念，然后请回家中，放入花瓶。在大厅中间足足放了五天，见花瓣已干枯，我选了个箱子存放起来，并送到了我的书房。此时为 2018 年 12 月 15 日下午 3 点整。我想以后每年的这一天我都会打开箱子再看它几眼。

坐在书房，我又一次回忆我同月季花的过往，从儿时知道有种花叫月季花，到青年时第一次看到月季花，再到五年前我养起了月季花，一直到今天的葬花，时间已过去了半个世纪，它像是由“一个梦中情人”变成了我的人生伴侣。我为自己选择的月季花暗自高兴，禁不住吟诵起杨万里的《腊前月季》：

只道花无十日红，此花无日不春风。
一尖已剥胭脂笔，四破犹包翡翠茸。
别有香超桃李外，更同梅斗雪霜中。
折来喜作新年看，忘却今晨是季冬。

我想着半个世纪的月季花情，也想到了去欧洲时听到的一个叫“和平月季”的故事：和平月季是法国人弗兰西斯·梅朗 1935 年在法西斯铁蹄下培育出来的。后来，他将这种月季寄到美国，美国园艺家罗伯特·培耶立即将其分送到全国各个重要花圃进行繁殖。1945 年，美国太平洋月季协会将其命名为“和平月季”。恰好，就在命名当天，希特勒灭亡了。于是，越传越神，和平月季名声大振，很快传遍了全美、全世界，就连联合国召开第一次大会时，每个代表房间的花瓶里，也都插着一束美国太平洋月季协会送的和平月季，并有一句祝福语：我们希望和平月季能够影响人们的思想，给全世界以持久的和平。许多月季专家和一些自愿捐助的人还在离布拉格十四公里处一个叫里斯底的村子建了一个“和平月季园”，用以纪念二战期间法西斯匪徒在此地残害的一百七十五名十五岁以上的男人。这一举措使和平月季的名声越来越大。

幸运的是，二战之后，世界上再也没有发生过大规模的战争。我们这一代人是多么幸运，生活在和平年代，尽享生活的快乐和美好。

愿世界永远没有战争，愿和平之花永开不败！

愿人人心中都有一方“和平月季园”，让月季花情溢满心间……

第二辑

谈美德 话楷模

奇迹的背后

这是一个真实的故事。

九年前，邻居于成章先生把夫人从死神那里抢回来，又经过不懈的努力，让夫人由植物人变成一个能半自理的人，被青岛医学专家称为奇迹。但你知道奇迹的背后，有多少令人潸然泪下的故事吗？

我和老于住一个小区，两家相距不足百米。他是文登人，我是乳山人，按青岛人叫法，我们都是“东海人”，再加上我俩年龄、经历差不多，因此六年前便成了好朋友。

老于的经历很光荣，十六岁在村里当赤脚医生，十八岁参军。他当了五年多的兵，在部队立功、入党。可惜的是，即将提干时，赶上了国家第一次大裁军，他所在的部队连番号都被裁掉了。他只好回到家乡，回村不久便被选为村主任、书记。尽管镇驻地的村干部不好当，但老于一干就是二十年，他所在的村党支部连年被评为先进党支部，他也被评为优秀共产党员。

二十世纪九十年代后，在全民经商的热浪中，老于也辞官经商，和姑娘一起从事医药销售，三五年下来，家里的经济条件早已超越小康水平。

正当老于和姑娘在商场干得风生水起的时候，一向身体不好的夫人在 2001 年 1 月 25 日，突然不省人事，被紧急送到医院。检查结果是“脑干大量出血，小脑有四个出血点”。医生告知：“现在只有两个选择，一是放弃治疗，二是动手术，但手术的最好结果可能就是个植物人，请你们尽快商量一下吧。”

老于一听，二话没讲，也不同两个姑娘商量，马上说：“医生，只要能有一口气，我要人!”

老于对夫人的病史十分清楚。因家族遗传的原因，夫人三十九岁时，脑子长瘤就差点丢了命；四十一岁时，左壁心肌梗死，又差点丢了命；五十六岁时，心脏冠状动脉堵了四根，只能开胸装支架；五十八岁时，下半身行动不便，事隔一个月，她在家中看《牟氏庄园》，可能是太过激动，一头倒在床上。

老于干过赤脚医生，他深知以后的风险和艰辛。在这种情况下，他还毫不犹豫地选择要人，足见他对夫人的情感和生命是多么珍惜。

在这里，我们要回顾一下当时的社会风气。改革开放后，我们胶东半岛这个革命老区也受到了不良风气的影响，年轻人在婚礼上信誓旦旦：“今后不管健康与否都永不放弃。”遗憾的是，没过几年、几个月，甚至没几天，他们便离婚了。据说，去婚姻登记处看一下，你就会发现，结婚的人数跟离婚的人数是差不多的。这些人跟老于相比，判若云泥。

手术后，有人叫夫人时，她偶尔会眨巴一下眼睛，这让老于喜出望外，信心更坚定了。但手术时医生割断了她的气管，难以缝合。医生讲：“只有等气管没有炎症时，才能做缝合手术。”

而消除炎症，只能靠打针，但时间会很长，时间一长就很容易感染，引发新的危险。老于绞尽脑汁，想了很多办法，都不见效。最后发现，用小刀把暖水瓶的瓶塞削好后放进去，效果不错，但一打喷嚏瓶塞就出来了。出来一个，老于就再削一个，不厌其烦。经过一个月的不断努力，炎症终于得到控制，医生把气管顺利地缝上了。

物理疗法有助于气管缝合，让医生大为惊喜。医生称赞老于：“苍天不负有心人，你的爱激发了你的发明啊。谢谢你的发明，以后再遇到这种病人，我们也有办法了。”

此时的老于，脸上洋溢着幸福，心中充满着希望。

夫人的气管被缝合好后，老于悉心呵护，每天推着夫人做高压氧，同时不惜财力购买非常紧缺的球蛋白、干细胞。两个月后，夫人的气色、身体状况开始有了好转。

当夫人能认出老于和姑娘时，眼里饱含着泪水。老于跑到洗手间，双手掩面，眼泪簌簌。这是老于人生中流得最多的一次眼泪，这是幸福的眼泪，也是两个多月来的辛勤努力获得了胜利和希望而激动的眼泪。

夫人出院时，医生、护士、临近病房的病人和家属都出来为她送行，无不为她选择了这样一个有情有义的男人而点赞！

回家后，老于在夫人身体的康复，在营养的调配，在精神上的鼓励和关心等方面，可以说是殚精竭虑。

为了让夫人的身体尽快得到康复，老于自己在实践中摸索了三套中医理疗手法。一套是常规理疗，每天上午、下午各一个多小时，从脚到腿，从手到头，进行全方位地按摩。另一套是重点穴位理疗，对影响心脏、大脑的穴位进行重点按摩。最后一套是根据每天的饮食和记录的大小便时间，调整理疗手法。老于每次按摩后都出一身汗，一天两次从不间断。

我们人体有三百多个穴位，老于能找准二百多个。他说起人体穴位时滔滔不绝。用他姑娘的话说："俺爸给俺妈理疗这么多年，可以写本身体理疗的书了。"

在日常饮食上，老于更是用心，吃的青菜都是他自己种的无公害蔬菜。家里的葡萄、无花果熟了，第一个由夫人先尝。每天都是五餐，除早、中、晚饭之外，上午十点吃不同的水果，下午三点喝酸奶。夫人喜欢吃什么，只要能买到，老于都会让姑娘买回来，一日三餐从不重样，夫人也从没吃过一口剩饭。

老于总是把喂饭当作一件非常重要的事，因为稍微喂多一点，夫人就会咳嗽，伤及脑血管。九年来，每天都是老于亲自喂，从不让别人代劳。

老于的姑娘见老爸太辛苦，几次讲："爸，按摩我代替不了您，喂妈吃饭我总可以吧！"

老于总是说："你忙工作和孩子吧，喂你妈吃饭还是让我来。"实际上彼此心里都明白，只有他亲自喂饭，他才放心。

人有病，心情肯定不好，难免有脾气，特别按摩穴位有痛感时，给夫人喂饭而她不想吃时，她都会向老于发脾气。老于在任何时候，都没有一点脾气，总是一副笑脸相迎，用平静的语气进行鼓励："咱俩共同努力，好再回村里看邻居。"

这九年，老于离开夫人的视线一般不超过半小时。这九年，老于没到外面吃过一顿饭，也不参加任何娱乐、休闲活动。这九年，到我家喝茶时，他十分钟看一次表，接近半个小时，就立马走人。就怕夫人一旦叫他，却没人应声而着急上火。

老于在种菜、修剪葡萄等方面是小区公认的“农业专家”。春天他把育的各种苗，分送给很多邻居。谁家管理和修剪葡萄都来请教他，有时他亲自动手，帮助修剪。

有一次，大家让我出面，想请老于出来一起吃个饭。我知道此事不好办，便和他姑娘商量由她在家值班，但不管她怎么说，老于就是不肯。他说：“大家的心意我领了，但我不能去，去了心里也不踏实，她习惯了我在身边，如果我去了，她找不到我，再着急上火，我们都不值得。”

我一听，觉得老于用情真是很深啊。从此，我打消了请老于喝茶吃饭的念想。

由于老于的坚持与坚守，苦心人天不负。八年前，夫人就能开口说几句简单的话，也能下床走几步，看着她白里透红的皮肤，让人很是高兴。

这种状况维持了八年多，但最近几个月，话也不能讲了，腿也不能动了，肌肉也开始萎缩了，按摩又受不了。老于依然不放弃，又改为活动手脚。

姑娘问：“爸，这样还会有用吗?”

老于讲：“我知道没什么用了，但我们要让你妈知道，我们没有放弃，让你妈有信心。”

最近，姑娘又到山大医院找专家问有没有新的疗法，专家听完前后经过后讲：“脑部大出血，在青岛能活过两年的有，能活到九年以上的一个都没有，你妈是青岛医学界的奇迹了。”

关于老于的故事我本来不想写，我俩聊到他夫人的病情时，只讲大概，不谈细节，因为我能想到其中的艰辛和不易，就怕一谈细节，我们两个老男人会泪流满面。

前几天，我在小区见到了老于夫人的妹妹，她说：“我曾对姐夫讲，让姐早些走吧，走后我们无非是多哭几场，你可以解脱出来。”老于一脸不高兴地说：“以后不准你说这种话，我愿意伺候。”

在往家走的路上，我便决心把老于的故事写出来。

我也算是走过万里路的人，有阅人无数的经历，但这样的男人，我是第一次碰到。

写到这里我常常问自己，如果我遇到这种情况，能像老于一样吗？我承认我不能，一个月有可能做到，但九年如一日，我做不到。我能做到的就是从现在开始，向老于学习，更好地对待老人、身边的人。

读到这篇文章的朋友，如果都能有这样的想法，我便心满意足了！

怎样给以上的故事写段解说词，我想了很多，但都感到表达不妥。突然想到老于的名字叫“成章”，我便有了如下这段解说词：老于用男人的责任和担当，“成”就了一篇婚姻殿堂的经典文“章”。

最后，希望老于再创造一个奇迹，让夫人早日康复，健康长寿！

军嫂红燕

——记张红燕女士的军嫂生涯

她当了三十年的军嫂，一般人都以为她丈夫一定是军队中的高级将领，但不是，她丈夫因一场飞来横祸，成了植物人，在病床上躺了整整二十三年。

这二十三年，张红燕——这个弱女子发扬了任劳任怨、吃苦耐劳的军嫂精神，用情和爱，用苦和累，挑起家里的重担，谱写出了一曲惊天地、泣鬼神的华美乐章。

张红燕与丈夫宋钦军都是乳山人。宋钦军是海阳所人，1986 年成为一名光荣的海军战士。张红燕是城北镇人，是一名公司员工。四年前，当我在乳山听到了他俩的事迹后，回青岛第二天，我就到了九七一医院去探望。一进病房，我就见钦军的癫痫病正在发作，两只眼大瞪着，两腮上抽，口吐白沫，旁边身高不过一米六、体重不过百斤的妻子在扶着他。她一手拍打后背，一手用纸巾为他擦着口水。

我当时就想，近二十年，她天天伺候这样一个病人，这有多么不易呀！顿时，我对她肃然起敬，并想找人把她的事迹写出来。当她知道我的想法后，马上拒绝："青岛电视台、《半岛日报》都来过，我都拒绝了。我这样做是应该的，没有什么好宣传的，请您也理解我。"

最近，我写了《奇迹的背后》一文，她在朋友圈看到了我的文章和朋友的读后感后，便给我点了三个赞。我回复说，你的事迹写出后，一定会感动更多人。

《奇迹的背后》深深触动了她，所以她愿意同我深谈一次。

在我们深谈之前，我就料定此次深谈必定有泪水伴随，于是，我便提前翻阅中国十大好军嫂的文章，并做了预案。当她哭时，我不能哭，一旦我忍不住就出去抽烟。三个小时的交流，我出去抽了三次烟，没让她看到我流过泪。当要结束时，她擦干了眼泪，说："我现在已经好多了，部队帮我解决了很多困难。昨天我握着钦军的手告诉他，经过我们俩的努力，儿子已参加工作，你也过了五十岁生日，希望我们再努力一把，能看到咱们的儿子结婚！"这时，我再也无法忍住，眼泪禁不住夺眶而出，心想，这是何等善良的女人，这是何等宽广的胸怀、何等高尚的境界、何等深沉的爱，让她如此无怨无悔、心无旁骛地悉心照料这个植物人丈夫二十多年！

当这次交谈结束后，我深感责任重大，怎样才能把她真实的情感写出来？这对我来讲是一件很不容易的事。

她俩是 1992 年经人介绍开始相恋并结婚的，结婚后，过了一年便有儿子。一家三口过着幸福的生活。钦军在部队由于表现好，很快由司机变成司机的教官，年年被评为先进。红燕在单位也没因一个人带孩子影响工作，也连年被评为先进工作者。每当红燕领着儿子到部队探亲时，战友们看到钦军漂亮而善良的妻子和活泼可爱的儿子时，无不羡慕他。用她儿子现在的话说，小时候到部队看爸爸是最幸福的时光。

但老天爷却同这个幸福之家开了一个天大的玩笑，1996年5月，钦军在威海执行任务时发生意外。当时，他血流一地，不省人事。在医院经过检查，他不仅有外伤，更严重的是，脑部还有大量积水，生命已危在旦夕。经奋力抢救，钦军才保住性命，但基本变成一个植物人。这个晴天霹雳，让红燕不得不辞去工作，领着三岁的儿子，开始了异常艰难的生活。

他们俩的父母都在农村，因年事已高，身体也不好，没有人能帮上忙。由于经济原因，请不起护工，照顾钦军和孩子只能靠她一个人。那时钦军大部分时间比较安静，但有时一有点知觉，不舒服时就会乱动，不是用头撞墙，就是险些滚下床。她白天忙做饭、洗衣服，照顾钦军大小便，晚上一手护着钦军的头，一手护着儿子。

为了能让钦军的病好起来，她想尽一切办法给钦军增加营养，有点儿好吃的首先给钦军，儿子吃到的都很少。听说海参有营养，从得病开始，红燕每天给钦军吃一支，牛奶基本当水喝，也经常买一些其他的营养补品。那时三人的生活费只靠钦军不足两千元的工资。为了钦军的身体，红燕一方面向亲朋好友借钱，另一方面自己省吃俭用。多年来，她很少买衣服，就是偶尔买件衣服，夏天的从不超过五十，冬天的也不超过一百，吃的菜多数都是晚上到农贸市场捡回的一些人家不要的菜。

听说中医按摩能帮助恢复体力，她跟人家简单学了学，借了本书，就回家每天坚持上下午给钦军按摩一小时。她照顾钦军有一个日程表：

上午：

六点洗擦身子，照顾大小便。

七点吃饭。

九点理疗按摩到十点。

十一点吃饭。

下午：

两点理疗按摩到三点。

五点翻身换衣服、床单。

六点吃饭。

七点照顾大小便。

八点左右握着钦军的手说说话。

由于她的精心护理，钦军身上不仅没有一点褥疮，体重还增加了十多斤。但她自己却由一百一十斤瘦到不足九十斤，因长时间缺乏营养和过度劳累，落下了一身病。她有胰腺炎、腰椎间盘突出、关节炎等，曾几次晕倒在地，有时走楼梯都爬着走，见到的人无不动容落泪。但她一见到钦军和孩子就立马控制住感情，装得跟一个没事人似的。

她的亲朋好友包括男方的父母，都劝她："放手吧，如果再这样，你会累死的。"但她从没有动摇过，总是说："我还行，但钦军离开我一天都不行。"

在精心照料的同时，她也四处打听，多地求医，她先后到北京天坛、青岛山大、潍坊等医院求医。2012 年 3 月，钦军住进了青岛九七一医院。

住进九七一医院不久，钦军经常发高烧，呼吸困难，有时吐痰吐不出来，脸憋得通红，她就口对口地帮助往外吸，有时需几十次，有时甚至需上百次才能吸完。

照顾病人大小便，也许很多人都能做到，但帮助病人吐痰用嘴往外吸，我一生见所未见、闻所未闻。如果不是因为刻骨铭心的爱，她很难做到这一点！

经过一段时间，用嘴实在吸不出来，改为吸痰机，但由于肺部功能基本丧失，吸痰机也吸不出来了，在没办法的情况下，只能做割断气管的手术。手术后，呼吸问题解决了，但吃饭只能打流食。打流食就是在鼻子里放一根管，吃的食物从鼻管进入胃里，喝牛奶还行，其他食物均需打碎。

刚开始打流食，打不进去，她只能用身体顶着他的后背，衣服常常被顶破，打一次流食就像打一场仗似的。钦军经常发烧，一发烧二十四小时不能离人。为了降温，他身下垫着冰毯，腋下夹着冰块儿。

尽管如此精心照料，生命危险还是经常向他发起挑战，九七一医院先后下了六次“病危通知书”，每当这时她都恨不得给医生跪下，乞求医生用最好的药救钦军一命。有些贵重药，如比阿培南、白蛋白等需自费，但她再困难，也坚持用。好在老天有眼，六次病危，钦军都躲过了。

九七一医院是一家部队医院，红燕的事迹不仅传遍了九七一医院，也传到部队领导和昔日的战友那里，前来探望的领导和战友无不为之感动。每当部队领导和战友来看他，有什么好事时，她都会握着钦军的手告诉他。她说，他的脉搏告诉我，他好像都能听懂。

部队领导高学锋曾说：“我一辈子最佩服的女人有两个，一个是我妈，一个就是张红燕，她把人生最美好的年华奉献给了一个在病床上躺了二十多年的军人，她吃的苦、受的累与她的情、她的爱，值得我们所有军人向她敬礼！”

当知道这些年她没有护理费，在青岛也没有落脚的地方，钦军的评残也没有定级，工资也不高，红燕举债已过五万时，高学峰马上回去打报告，直接报到海军司令部有关部门，强烈要求抓紧解决这个问题。一些昔日的战友也联名写信给钦军原所在部队，请求部队抓紧解决。

近几年，她每月有了三千五百元的护理费，也有了落脚的地方，钦军被评为一级伤残，工资也涨了不少。

她的事迹感动了在九七一医院做护工的鲁守春。他主动要求帮助护理钦军，并说钱多钱少无所谓。从此，护工二十四小时帮助护理，红燕终于松了一口气。

面对红燕如此感人的事迹，我常常想，红燕她用二十三年最好的年华精心照料一个植物人，她到底为什么？

有人说“可能为名”。但她从不向别人谈苦说累，也不要媒体宣传，各种媒体都没有报道过她的事迹。

有人说“为了钱”，这更不对。到现在她借的钱还没全还上，有时亲朋好友捐钱，她也不要，她不想让人看着她活得可怜。

也有人说“为爱情”，这一点我赞同。因为红燕曾说，他们谈恋爱时曾有这样一个细节。有一次，她问钦军：“我比你大一岁，你不介意吗？”钦军说：“别说大一岁，就是大十岁，我也非你莫娶。”红燕当时便说：“我嫁你一天，定会守你一生。”

红燕对钦军深沉的爱，铸就了这爱的丰碑，让每一个伫立在这丰碑面前的人，无不对红燕满是敬意，满是敬佩，满是敬仰！

他们的儿子大了，朋友都想帮他在青岛找一份工作，以便帮帮红燕，儿子也有此想法，但红燕说："你爸尽管军龄很长，但拿枪的时间很短，你还是接过你爸的枪当兵去吧！"

现在儿子在部队是一名上士，想早点转到离她近一点的地方，她却说："只有部队让你转业的份，没有你自己离开部队的理，家里现在一切都挺好，不用你操心，你安心服役就好。"为此，她儿子曾说："我妈是世界上最难、最苦、最善良、最伟大的母亲，下辈子我愿意还做她儿子。"

写到这里，我们已经有一个比较准确的答案——她是为了爱，但她不仅仅爱钦军，通过爱钦军也爱上了我们伟大的军人！

张红燕，这位普通的军嫂，丈夫把青春献给了国家，她把自己的一切献给了丈夫。她用心中那份执着与爱面对生活中所有的酸甜苦辣，承受着常人难以承受的苦痛，无怨无悔。

乳山是红色文化的根据地，今年年初，一部弘扬"乳娘精神，传承红色文化"的大型舞剧《乳娘》的晋京演出，惊动了首都人民，让经历过和没经历过的人，无不向"乳娘"致敬！今天这篇"军嫂"也是红色文化的继承和发扬。在此，我们也向红燕，向所有的军嫂致敬、敬礼！

第三辑

谈玉竹 话成长

竹与人

我爱竹，爱她的挺拔、修长、青翠，爱她的凌霜、傲雪，更爱她的品德和精神。

“梅、兰、竹、菊”四君子，自古美名传扬；“竹、松、梅”岁寒三友，让人肃然起敬。竹，均列其中，备受喜爱。郑板桥的“咬定青山不放松，立根原在破岩中。千磨万击还坚劲，任尔东西南北风”激励了无数仁人志士。

我自幼就喜欢竹子，但因北方竹子品种不多，数量又少，再加上为生计奔波，对竹子虽心里喜欢但也无暇顾及。

五年前，在青岛得一新居，住龙湖滟澜海岸。龙湖因绿化精美而著名。绿化区有好多竹子，欢喜之情油然而生。可惜的是，植株都很细小。也有自家移植的竹子，但由于竹子的根没有深入土壤，主干不绿，枝叶不茂盛，因此跟整体植物不搭调、不合体。心中不免遗憾。

四年前，我家门前自然长出一棵竹子，是小区里独一无二的品种，身高近七米。它是什么时候长出来的，怎样长出来的，我不得而知，只是它长大后我才发现。门前就只有这么一棵竹子，让我很着急，我曾在朋友圈发出“门前一竹独秀，屋后一花怒放”的照片和感叹。今年五月初，我突然发现了两棵粗壮的竹芽，这让我有点儿欣喜若狂。

我喜欢的幸运数字是“三”。当初选房时，因为那将是第九次搬家，我不由得想起“九九归一”之说，因此，选一个有数字“3”的房子是首选。在530多套房子中，我选了“132”幢。当时，我想这幢房子的房号不仅有一个“3”，“2”加上“1”就有了另一个“3”。我看着眼前这三棵竹子，感到这种巧合很有意思，好像有点灵感似的。

我每日观察竹子三次，在品竹的同时也在品人。我不是文人，多年不写东西了，可看着竹子一天天地成长，我忍不住要写这篇《竹与人》，与朋友们共勉。

竹子自离开地面后，一天一节（一节约二十厘米）地向上长着，每一节都有一层外衣包着，七八节之后，上面每长一节，下面便脱一节的外衣。脱下外衣的翠绿和清新是任何画家都难以画出的。三十五天之后，竹子可以长到七米开外，自那以后便再也不长了，转而开始添枝加叶。

竹子的根。竹子的根在土壤里埋藏了数年，吸收了足够的营养和水分才会破土。破土后，竹子的粗细、节数、高度便由根决定。这很像我们学习、工作、创业的过程，也酷似我们恋爱、结婚、生子的过程。时下，有的人急功近利，不要过程，只要结果。有了好的结果后，他们便把自己的成功归于自己的能力，沾沾自喜。

竹子告诉我们，人的成功一是得益于家庭文化的传承，二是得益于所处的历史阶段，三是人生有命，命里八尺难求一丈，四是离不开个人奋斗。人不能忘了本，更不能忘了根，如果把个人奋斗看作是第一位的，人生便会出现很多的问题。

竹子的节。一棵竹子，节的长短差不多，但节与节不一样。竹子每个节都明显地凸出来，竹子靠节撑起了自己，得以节节向上。竹子没了节，也就称不上竹子了。竹子的节，节节相连，相互支撑，每节都不可或缺，最后才体现它的高度。这很像英雄豪杰、仁人志士的人生，节气冲天；也像很多平民百姓的人生，平凡而不失节操。

时下，有的人为了官，为了财，做事不讲气节，做人忘了骨气。竹子告诉我们，人的气节、骨气很重要，要守住底线，严格节操，否则再成功的人生也没什么意义。

竹子的空。竹子是空心的，这是有别于其他植物的重要特征之一。小竹小空，大竹大空。竹子把所有的营养都给了竹的节、竹的枝、竹的叶，自己却空空如也。它的这种正直无私、虚怀若谷、大爱无疆的态度，激励人们奉献自己，为国家和民族的繁荣和昌盛奉献自己的年华。

时下，很多人私心很重，欲望无穷。竹子告诉我们，人无私才能无畏，正所谓无欲则刚，心地无私，天地都宽，这样才能活出一个有意义、精彩的人生。

竹子的枝叶。竹子的枝叶生长在竹节，每节长出几个枝，它们分布均匀，线条细长，一直都低着头。每棵竹子整体看上去都像人为地按比例设计的一样。枝叶长得再好，也不会遮掩主干。这种愿当配角、会当配角的精神值得称赞。有太多的人想当官光宗耀祖，想当老板腰缠万贯。竹子告诉我们：自然界主次有别，层次分明。人类社会也是如此。“成为明星的不多，当官的很少，做老板不易，我们更多的人是平常人，要像竹子的枝叶那样低头做人，认真做事，当配角的人生也同样精彩。”

竹子的精神。竹子，顽强不屈，坚韧不拔，正直无私，虚怀若谷，积极向上。这不正是中华民族道教、佛教、儒教文化的集中体现吗？

天下父母要学习竹子的精神，吸取利用好优秀的民族、家族文化，把下一代生好、育好，一代更比一代强！

中国的官员要学习竹子的精神，心胸远大，为民干事，要有骨气，守住底线。人生要安全航行，安全降落。

年轻人要学竹子精神，要打好人生基础，一步一步地走，一节一节地长高，在人生的大舞台上要找准位置。不可越位，更不能错位。“天天竹报平安”，“年年节节高升”。

愿竹子的精神在中华民族伟大复兴的征程中成为我们的一面镜子、一个榜样，激励我们“傲骨迎风舞，虚怀抱竹坚”。

把根留住

我在现在的房子，不经意间已度过近六个春秋。四年前，我家窗前自然长出了一棵竹子，而后相继又长出了四棵，今年竟长出了十棵。这十五棵竹子，比小区绿化区人工种植的竹子还粗还高，吸引了很多爱竹之士的眼球，成了小区的一处小景观。

我自幼就喜欢竹子，竹子的到来，不仅让我提振了精神，也让我重新拿起笔，开始在文学的道路上慢慢前行。

我为什么喜欢竹子？多年来，我自己也说不太明白。两年前，我写第一篇散文《竹与人》时，才感到竹子的精神是我一生的追求，特别是竹子的正气、骨气，影响了我的一生。

我这人说话办事，喜欢直来直去、实话实说，从不喜欢拖泥带水。自己成立公司时，起名为“三川”。这里有我喜欢“三”的缘由，也有宁折不弯的性格和喜欢积极向上、不懈追求的精神的影响。

竹子在历史上就被人们广为赞誉，现在也有人讲“竹子是半个风水先生”。那么我窗前的竹子是怎么来的？为什么我家的竹子比有的邻居家买回来的竹子都长得好？对此，我咨询了绿化专家。他说：“这竹子叫崂山竹，可能是小区绿化从外部搬土时，夹带了一小节竹子的根，因你窗前阳光、养分充足，也有可能知道主人爱竹，所以才生根发芽，长成了现在这样。”他还讲：“现在有十五棵，明年会更多，以后将成为一片小竹林。”

专家讲完了竹子的发展过程，我马上想到了这不是同我们人类的发展过程一样吗？我也问自己，我的根在哪？我们李姓是怎么经过漫长的岁月走到今天的？家族血脉，是我们六十岁以上的人的共同关注点，特别是退休一族，多数人都有很重的祭祖寻根的情结。

现在的社会很浮躁，人们只关心三代人，最多关心四代之间的血脉关系。对于五代以上的族人就很少有人知道，我曾问过族内健在的老人，我爷的爷爷是什么情况？我问村里的长者，我们村的第一代人是谁？他们是从哪里搬过来的？对这些问题，他们都不能回答我。对此，我用了近两年的时间，搜集整理编纂了《李氏谱书——街南分支》一书。书中收集了李氏的旗、徽、歌、家训，收集了李氏的由来和发展，收集了我西大李家族自一世至二十二世的发展，首次整理续写了我族二十二世到二十七世的谱书。为了让后人方便记住李氏的血脉，我从以下五方面进行了提示：李氏在国外，李氏在中国，李氏在乳山，李氏在李家，家族在李家。

李氏在国外。李姓在世界上被称为第一大姓，海外的李氏也非常多，究其原因有如下几点，一是“大唐盛世”时，李姓为国姓，东南业很多国家都是大唐的诸侯国，唐王李世民赐很多人为李姓，现在的越南、朝鲜李姓仍为第一、二大姓。在西方，由于“唐人街”的兴起发展，不少中国人有了到海外发展的机会。二是晚清时期，中国十分落后，不少人被迫奔走海外。三是改革开放以来，去国外读书而定居的很多，偷渡、移民的也很多。因此，凡是有人群的地方几乎都有中国人的身影，凡是有中国人的地方都有李氏的存在。

李氏在中国。中国近十多年来每次进行的人口普查数据显示，李姓均为第一大姓，全世界李姓人有一亿左右。李氏在中国的发展历史久远，远在尧帝时，皋陶为理官，并以官名命名为李姓。春秋时期李耳（即老子），是正史记载的李姓第一人，开始了李氏的发展。唐朝把李姓定为国姓后，李世民赐给很多少数民族为李姓。特别是大唐盛世三百年，使李姓在国内外有了快速的发展。明清时，李姓已遍布全国大部分地区。在历史的长河中，先后有近六十位李姓皇帝，他们都为李姓的发展做出了很大的贡献。李姓名人大字典收入历代名人 2251 人，其中思想家、哲学家、道家学派创始人老子为突出代表，他不仅为李姓而且为世界其他民族的发展做出了巨大的贡献。其《道德经》至今受到世界各国人民的称颂，成为“百经之首”，激励了一代又一代李姓人不懈奋斗和进取。现在，不论国内还是国外，不论是姓李还是不姓李的人，都认为“老子天下第一”。

李姓在乳山。李姓居乳山祖籍有七个记载：一为陇西郡洼村（现甘肃临洮），元至正年间（1341—1370），徙山东金乡，后迁入建大崮头，后析西崮头、闫家夼等；二为明永乐年间（1403—1424），金乡县李姓从海阳所落籍，嘉靖年间（1522—1566）迁入建李家，后裔析李家疃、姜家庄、孔家庄、老庄、南黄北埢、南黄庄、韩家庄村；三为云南，明洪武年间（1368—1398）迁入，现居城阴、万格庄、李格庄、马石店等村；四为牟平，明天启年间（1621—1627），李琳及子李英藻从牟平新安迁入建桃村李家，后析居稗子刘家；万历年间（1573—1620），李姓从牟平西留疃迁入东纪村；五为文登，明末迁入西洋水、母鸡屯，清康熙三十一年（1692）李柏迁入迟家口；六为蓬莱八角山后，清乾隆年间（1736—1795）迁入姜格庄；七为莱阳，清初迁入念头、黄埠崖，清末迁入北唐家，后析居邢家屯。李姓人已遍布乳山各个乡镇。

李姓在李家。明朝，我始祖李旺在战乱之年隐居于山东金乡西大李，广行善事，积有美名，开启家业，兴我氏族。到了二世颜成祖、三世敬先祖也同样以善承业，隐居于田园。只有敬先之弟兴祖（我之三世祖）从小胸怀武略，审时度势，于吴元年（1367）归顺大明。三世兴祖因作战有功，被授予信校尉，封海阳所百户，世代传袭。五世荣祖保卫京师有功，被封为武略将军，由海阳所百户升为副千户。李氏九世、十世失传，近十多年来，经多方查找，仍无资料可寻。

李家村的始祖为十一世李筠。根据村志记载，李家建于明嘉靖年间（1522—1566），距今有近五百年历史。李家之前已有张家（张家从云南小观迁于此定居），1942 年合并为李家，现今全村 618 户，1609 人，多为李姓。

李家村近年来在村党支部和村委的共同努力下，村容村貌发生了很大的变化，由过去的“穷沙李家”变成海阳所以南的富裕村之一。现已成立“塔岛湾社区”，邻近的芦头、薛格村并入该社区，李家村书记兼任社区书记。村党支部多次被评为“先进党支部”，李云志被评为“先进个人”，村前近海三万亩牡蛎是全国最大的养殖基地。乳山三宝中“牡蛎”是三宝之首，被称为“海里的牛奶”，现已从李家走向全国，为李家今后的发展开辟了一个全新的领域。李家成为半岛蓝色海洋经济带的“示范村”。

家族在李家。我们家族在李家为“福椿族”一门之后，现虽无更多资料可寻，但家族建房数量和建房选址可说明我族兴旺发展的历史。

福椿族二十世“维郁爷”育有四个儿子，他在李家村的中心位置，主大街南侧、东侧选址，先在街南建了相邻的三个胡同，每个胡同里可居住五户人家，在街北相邻处又建了三处房产，共可居住近二十户人家。李家曾有“街南帮”之说，讲的就是我族。

祠庙是尊祖敬祖的神圣之地。“能住庙前，不住庙后，能住庙东，不住庙西。”我们家族所有的住房都集中在祠庙的庙前和庙东。家族在庙后有一块地，虽经四世但没有建住宅，可见维郁爷不仅善于持家，为家族打下了较好的经济基础，还对“风水”学颇有研究。

家族二十一世德琴老爷育有四子：兆萱、兆方、兆惠、兆若。他一生经商，曾在崖子设立商号，从事银饰制作、制丝和海上贸易等生意。我们四个爷爷有三个是文化人，不仅精通数字运算，懂得账目管理，擅长商务经营，还写得一手好字，其中兆萱爷的毛笔字在三邻五村很有名气。

《周易》的开篇语“天行健，君子以自强不息；地势坤，君子以厚德载物”，写出了中华民族矢志进取、立德善为的处世标准，也宣示了华夏儿女健全品格的最高境界。我族始终将这一古训作为兴族兴业的灵魂指南，教育和激励一代又一代族人积德修行，奋发有为，健康成长，形成了“忠厚善良、勤劳智慧”的优秀族风。我族当今后生几乎遍布社会各个领域，如商业、教育、医生、金融、财务。不论从事何种职业，他们都能在各自的岗位上履职尽责，勤奋工作，为国家、社会和家庭奉献力量，以良好的表现，传承弘扬着我族的优秀品质。社会的发展在于公民素质的提高，而公民的素质取决于受其教育的程度。我族特别重视子女的文化教育，在二十三世以前的父辈和祖辈中多数人读过私塾。在二十四世以后的成人中，接受高等教育者占60%以上，而二十五世的人中占比高达90%以上。其中，本科及以上占65%以上，有硕士10人，博士3人，博士后1人。学业上乘，未来可期。可以看出，我族子女的文化程度和个人素质达到了较高的水准，且不断逐级提升。在专业职务方面也是人才济济：有教授、注册会计师、高级工程师、高级教师、高级经济师、高级政工师、上校等。我族子女在各自的行业中爱岗敬业，努力工作，为国尽力，佳绩频传。有的被评为优秀工作者、劳动模范；有的是全国十大军民两用企业的骨干，受到胡锦涛总书记的接见；有的被评为全国“十大经济年度人物”；有的被评为“全军优秀医务工作者”；等等。特别值得一提的是，即使是身在农村的族人，绝大多数也品行端正，勤劳本分，重德行孝，受到村民好评。

谱书完成后，发给族内每家一本。同时我又倡导了三件事。一是成立了“祭祖小组”，五代以内，每个家族推选一名代表，负责祭祖的有关事宜。二是设立了“家族基金”，采取农村的不捐、在外工作的捐一百不少捐一万不多的办法，共筹资金七万余元。三是当年就为我们的老爷修坟立碑，了却了我父辈在世时的心愿。2019 年清明节，我站在祖上三代的墓前，默默地告慰先祖，这些事情是我们早就应该做的，但我们现在才做，确实晚了，请先祖们在上天原谅我们这些不肖的子孙吧！

清明节后我又有了一个想法：今后在适当的时候，我会倡导大家搞一个家族祠堂，堂内将陈列家谱、家训、族旗、族徽、族歌，并设一个家族荣誉簿，凡二十四世以后的族人，对国家、社会做出较大贡献者都将记录在簿。

姓氏，是人类社会文化进程中标志着人群血缘系统的称谓符号，承载着丰富的文化内涵。数典不忘祖，落叶要归根，慎终追远，认祖归宗，是中华民族的传统。姓氏赐予了中国人独特的意义，愿我们每一个炎黄子孙都能找到自己的历史归宿，都有一个心灵的故乡，都像竹子一样把根留住。

以竹思人

很多人都喜欢竹子，我也是一个爱竹的人。而且自从我家窗前的竹子由四年前的一棵增加到今年的十五棵，我对竹子的感情就越来越浓、越来越深。

我住的房子同别墅差不多，一层在地下，二楼同窗外的竹子基本在一个平面上，因此无论是走到凉台还是出入家门，无论是在大厅看电视，还是在门口的葡萄架下读书品茶，竹子都在我的视线之内。对于竹子，我是百看不厌，情有独钟。

是日久生情，还是触景生情，我自己也说不清楚。竹子对于我，既像是“老年得子”，让我爱不释手，也像位“竹夫人”，常伴左右，又像一面镜子，照进我的心灵世界，对我的内心世界进行有针对性的提示。

竹子的根提示我，人一辈子不能忘本，良好的家训、家风是传家宝。

竹子的节提示我，每个成功的节点都有贵人和好人帮助我，我要知恩图报。

竹子的空提示我，行善积德，大爱无疆，有了对立面或对手，人才会更快成功。

竹子的枝叶提示我，人要有骨气、正气，但也要学会低头、转身。

我从二十一岁在村里任团支部书记到后来任党委书记，有近三十年的历史，再加上自己喜欢哲学、辩证唯物主义，特别是近几年通读了《南怀瑾选集》十二卷，我自认为对人生观、价值观、世界观的实践和认知还可以，做得也算到位。但对照竹子的提示，从内心深处剖析一下自己，我深知自己的差距还很大，在很多方面有严重的欠缺和不足。因此近两年，我积极进行有关方面的修正和补课，以便自己再站在竹子面前时，能坦然面对，内心少一些纠结。

一个月前，我写了《把根留住》一文，就是按照竹根的提示，回顾了我近两年在寻根路上的一些做法和体会。当我完成《李氏谱书——街南分支》一书，并在今年清明节为我的曾祖修坟立碑后，我便跪在祖上的坟前，检讨我们这些不肖的儿孙，把几十年前就应该办的事，放在了几十年之后的今天做。

今天这篇《以竹思人》则是按照竹节的提示，对我人生的主要节点进行一次回顾，让我对此生遇到的好人、好官、好友铭记在心。同时，我也对曾经站在我的对立面、背叛我的人，特别是想送我进监狱的人，说声谢谢！因为没有他们的一路相伴，我就不会有这么坚韧的毅力，这么坚定的信心，这么大的精气神，更不能一路冲坎闯关，走到今天！

人生主要节点回顾：

1. 母亲是我人生的第一位老师，她的言传身教影响了我的一生。她一辈子行善积德，把福报惠及我和我的儿孙。家族兴衰看老人，一个好娘管三代，她是伟大母亲的优秀代表，是我生命中最重要的人。

2. 李淑兰老师是我初中一年级的语文老师。我第一次写作文时，她就给了我很大的鼓励，在班上对我的作文进行点评。当发现我在人前不敢讲话时，她便选我加入学校宣传队，这为我以后在百人、千人面前讲话不再紧张，打下了很好的基础。

3. 陈夕亭老师是我初三的班主任老师。他让我担任副班长，在贫下中农管理学校时，力挺我这个中农子弟上了高中。如果我不读高中，我极有可能还在农村，并且肯定是个不合格的农民。

4. 李永秀是海阳所公社的团委书记。我在村里任团支部书记时，他常住我家，我俩在一个炕上睡了近两年。当我当兵、就业、上大学均无门的情况下，他推荐我参加县学大寨工作队。从此，我开始走出农门，踏上社会。

5. 刘广才是夏北村工作队的队长。他的组织领导能力、表达能力、写作能力都非常强，他是我人生的导师。他曾两次派人到村里介绍我入党，把我安排到罐头厂后，还找主要领导介绍我在工作队的表现，并力荐领导大胆使用我。

6. 邵书君是乳山罐头厂的书记，后任一轻局局长。一九七八年八月一日，我进厂不足三个月，因为刘广才队长的推荐，他把我从车间调到政工办公室，让我从事秘书工作和担任团总支书记，而后任政工办公室、生产办公室、企业管理办公室主任。我三十二岁时被任命为副厂长，三十五岁时担任中鲁果汁的总经理兼书记，正式开始了人生的启航。

7. 戴祖旬是国家农业投资公司（简称国投）果汁项目的主要负责人。一九九一年，他力挺国投同乳山合作，中鲁把原准备贷款的七百五十万变为入股资金，成为国投第一个参股企业，我的职务也由一轻局任命改为董事会任命（如果我的职务不是董事会任免，而是一轻局任免，一年后，我肯定不是被免职就是被调离中鲁，因新局长会安排自己的人）。他大胆放权，全面支持我的工作，使中鲁的发展进入了快车道，中鲁很快成为中国最大、世界三大果汁企业之一。

8. 狩野拓一是日本三菱商事果汁业务的负责人，他是把中鲁浓缩苹果汁进口到日本的第一人。一九九二年，他努力促成了“山东鲁菱果汁公司”的成立，从而使中鲁有了自营进出口权，结束了由外贸公司代理出口的历史，并将日本市场迅速扩大，曾多年占日本进口果汁的百分之五十，也使得鲁菱公司连续二十多年盈利。

9. 宋夕焕是韩国东进公司的董事长。自一九九三年开始，他促成东进公司先后同中鲁合资了三个企业，为企业改造升级，有效利用合资企业免税政策提供了很大的帮助，且帮助其翻译卢芳敏利用中鲁的闲置厂房设立了东进制桶厂，为中鲁包装桶质量的稳定和成本的降低做出了积极的贡献。

10. 张爱华是中国食品土畜进出口商会副会长。他分管果汁行业时，力挺我担任果汁协会第一届理事长，并全力支持我对行业出口进行整顿，从而形成了对外统一价格和督查体制，保证了全行业的健康发展。他支持我组织行业集体应对美国的起诉，为最终起诉美国商务部获得全胜打下了坚实的基础。

11. 张志彪是中国食品土畜进出口商会分管对外法律的处长。当中国果汁应对美国起诉取得初步胜利后，他准备开总结庆功会。当我对美国商务部的裁决并不满意，并决定起诉美国商务部时，在这紧要关头，他出面请示外经贸部并取得同意，因而才取得一场在中国以前没有、以后也不会有多的反倾销的胜利。当中央四台要对我俩做一个对话节目时，我认为这场官司，我们中国人赢得太漂亮，公开宣传会让美国商务部脸上无光，他也同意我的观点，便取消了这次对话。

12. 王主任是《中国证券报》北方地区的负责人。在此之前，他在中南海负责研究毛主席八年，在社会上有很好的资源。因为我俩都十分崇拜毛主席，所以一见如故。密董事长一行三人第一次上会被否决后，按规定中鲁还有一次上会机会，时间为一个月左右。被否的当天晚上，我一夜未眠，心想如果第二次上会还不成功，我们四年的辛苦，近千万的律师费、会计师费，都将付之东流。第二天我便对密董事长讲，第二次上会让我来（第一次就应该由总经理答辩），你别管了。我将专家可能问到的问题整理了二十个，写了答案，并打印出来，上会三人，人手一份。上市答辩会的九名专家，是上会前两天由专门人员从百名专家中随机抽取的，他们组成了一个专家组。谁先得到这份名单，并认识其中的专家，就可多交流，多沟通，以便专家对评审的企业首先有个更好的了解。他得到名单后，同我拜访了五名专家，为二次过会成功，起到了很大的帮助作用。

13. 王建明是乳山当时分管工业的副市长，后任市长。一九八九年五月二十七日我到中鲁后，通过三正（正己、正人、正企）很快稳定了干部职工的情绪，并选择以浓缩果汁为主营业务，砍掉饮料、红酒生产。通过对外贸公司的走访和与客户的沟通，得知当年国外的苹果主要产地因各种灾害减产，今年果汁销售形势将会好转。当我向一轻局汇报，准备当年开足马力生产时，领导讲“因上年生产的浓缩果汁都在库里，今年能否生产需请示县里”。第二天，刚到乳山上任不久的王建明副市长便到中鲁听我汇报，我把国际果汁的情况、企业自身的现状、成本核算等进行了汇报。当他听到我说，库存的产品客户一定会认为不合格，也难以卖出，如果今年开机生产有可能新旧果汁都可销完时，他马上回县里，同主要领导碰头研究。他中午接近十二点才离开，下午一点半就告知我县里同意开机生产，为当年公司扭亏为盈，给了强有力的支持。他还先后同我一起访问日本、韩国、美国的合资方和主要用户。他当市长时力荐我兼任一轻局局长，我成为乳山市市场、官场并行的第一人。“能说会写、懂经营、会管理”是他对我的评价，为我在乳山到银行、税务、公安等政府部门办事提供了很好的舆论支持。

14. 于建成是在闻名全国的乳山走私案后来到乳山任市委书记的。他到乳山不满一周就到中鲁调研，当得知中鲁下面有六个合资企业，出口果汁在世界市场上的占有率达到百分之八时，对我个人和企业进行了充分的肯定，当年便让我出席“山东省第六次党代表大会”，第二年便送我到威海党校学习。当准备让我担任分管工业的副市长时，我因中鲁上市和起诉美国商务部都处在关键时刻，难以分身，不方便担任副市长，他同意我不当副市长，改为兼任市长助理。我因此成为乳山市企业负责人兼任市长助理的第一人。

二〇〇四年是中鲁历史上最好的一年，对美反倾销取得了决定性的胜利，中鲁当年六月在上海证券交易所挂牌上市，解决了生产经营和发展的所需资金。当年是历史上产量、成本、销售最好的一年，其利润可保证三年内每年三千万以上。在第二届果汁行业理事长选举时，我以全票当选。所有这些都是我十七年努力的一次集中成果展示。但由于种种原因，二〇〇五年三月十五日，我辞去了在中鲁和乳山市政府的所有职务，个人档案也从中鲁转出，成为一名下岗职工。

15. 卢芳敏、毛菁是我原来工作上的朋友。我本想辞职后，休息一年，再干点别的事，但他俩力劝我早点出山并继续从事果汁行业。我说："我的资金半年后才能从股市变现（我个人持有中鲁百分之三的股份)，果汁行业将面临严峻的形势，不宜再进。"卢芳敏先生讲："你现在钱不方便，我方便，虽然果汁行业的形势不乐观，但我相信最后能干得好、挺得住的一定是你，我们三人先出资三千万，你占百分之五十，我俩各占百分之二十五，由你全面负责，我们不管。"这话让我决定再次复出。我们很快便在日照开发区选好了建厂的地址。半年后，工厂就建好了，并于当年投入了生产。

16. 九鼎公司是一个运作上市的投资公司，他们知道我刚从中鲁退出，儿子也从中银国际（负责上市承销的金融公司）辞职，父子俩负责的企业有上创业板的可能。他们找到我便讲："公司愿意以 1：7 的资金比例，投资三千万元人民币。"我一想可用这笔钱再到西部建个工厂，东西部各一个，这样可以降低成本。第二年，我们在陕西三原县又收购改建了一个果汁工厂。这样，青岛三川公司，便有一个全资子公司，一个控股公司。由于日照土地政策的影响和西部限制新建果汁企业，如果晚一年，这两个公司都将建不成，我算是赶上了末班车。

17. 王会全是中国食品土畜进出口商会分管果汁的处长。我离开中鲁后，果汁行业很快又恢复到了四年前的无序竞争状态，行业管理如同一盘散沙。西部一些行业骨干企业的老板纷纷到商会要求我重新出任果汁协会理事长。王会全便到青岛找到我，当时我便直接讲："现在我和朋友把身家资产放在果汁上，如果你的顶头上司不怕得罪中鲁，中鲁也肯让出位子，我可以再重新出山。"但我分析此事会很难，一年过后，中鲁仍为理事长单位。? 鉴于我对果汁行业的判断，我很快将两个公司成功转出。由复出到再次退出，前后四年，我对得起朋友和九鼎投资，我们都得到了满意的回报。

以上是我对人生成长阶段的回顾。从中不难看出，我是多么的幸运，不仅赶上了一个好时代，还一路遇到了很多好人、好官，他们是我此生的贵人和恩人。这些年我有幸同多数人保持联系，有机会就略表寸心。但夏北工作队原队长刘广才、中国食品土畜进出口商会副会长张爱华十多年前就永远离开了我们，每当想到他们在离开这个世界时，我未曾见到最后一面，心里便十分内疚和酸楚。因此，对我有恩的，现在还没有联系上的，我便抓紧联系。

两年前写完《竹与人》，我就想起了初中班主任陈夕亭老师。我读完高中不久，他就举家搬到长岛去了，四十多年间无任何联系。每当晚上想到尊敬的老师，我就睡不着，在现代社会，通讯如此方便，我还不知恩师的电话，深感此事有一万个理由也不成立。突然有一天晚上想到老师的岳父是李家人，我第二天早上便打电话给李家的李中楷老师让他帮忙，不到半个小时，中楷就来电话告知老师的电话。我立马打过去，听到老师的声音，我们双方都非常激动，并且互相加了微信。尽管多次进行视频通话，并向老师道了歉，但还是感到应亲自到长岛看望老师，我便邀请曾在省委组织部任职的裴新峰（后任高校工委书记）、李中楷校长（都是他的学生）一同前往，当面向老师再次检讨和道歉。在老师家中，我看到他当班主任时所有学生的毕业照，凡是上了高中的，每个人都标上了名字，并建立了通讯录，我顿时有“一日为师，终身为父”的感觉。他把很多喜欢的学生视为自己的孩子，每时每刻都在惦念和牵挂着学生。

回来后不久，我便向老师建议，由我负责在乳山举行一次师生见面会，让老师把想见的学生的名单给我，由我找人一一通知。见面会那天，老师把这么多年来想念学生的心情倾情表达。当讲到头一天，长岛因天气不好，全天不通船，他儿子找到私人橡皮艇，他抱着自己制作的“五十年再相逢，跨世纪的师生情”的横幅和手写的学生通讯录赶到乳山时，他哭得像个孩子，我们在场的四十多人无不随之落泪。见面会后，老师制作了十多本音乐相册，建立了三个师生微信群，现在每天都在微信中相互交流和问候。对此，我写了《渡情》一文，记下了见面会的全过程。

在文中，我没过多地讲我遇到的小人、恶人和背叛我的人。十多年前，我对他们也曾心存怨恨，但到现在，我早已放下，如果有机会我都会表示谢意。

我辞职第二年，在北京国兴家园小区门口见到一个故人。他一定要请我喝茶，坐下后，我便首先表示感谢。他说："你又来了。"他认为我说感谢是虚情假意，或者是讽刺。我说："你听我把话说完。即使你不对我步步紧逼，我也会离开中鲁，但可能晚一年。如果晚一年，日照工厂就建不成，因为一年后，沿海城市的土地只有得到批准后才能开工建设。如果再晚一年，西部工厂也建不成，因为陕西省政府已有文件规定，不准新建果汁企业。如果没有日照工厂，九鼎也不会投资三千万。我离开中鲁时，你为我举行了欢送酒会，当晚我们在房间里有一个君子协定，五年后，如果你能带领中鲁走上一个新台阶，我个人会给你发大奖，现在我的钱准备好了，就看你了。"

各位朋友可以试想，我连他都谢了，还有什么人不能谢！

时光如梭，不经意间，我离开中鲁已十四个年头，离开果汁行业也有十年。行业内至今还有人讲"我是果汁行业的教父"。此话十分不妥，说我是中国果汁第一人还比较合适。我退出果汁行业后，又有人说我是"果汁之神"，我说："此话也不妥，很多人都看到了果汁行业不景气，但没有选择退出。我只是看到了，也做到了而已。"现在果汁行业已连续亏损十年，国投中鲁也多次想退出和转让，但最后都没能成功。

退出果汁行业后不久，我便开始种菜种瓜、养鱼养花、读书品茶、打乒乓球。另外我还开始拿起笔，在文学的道路上成了一名新兵。现在我有两个小目标：一个是在七十岁之前完成我的第二本书《闲居随笔》，把我近几年写的散文、杂文收录其中；另外一个目标是全年平均每天一万步。所有这些努力，既是为了让老年痴呆来得尽可能晚一些，也是为了自己能坦然面对门前的竹子。

竹子不仅走进我的内心世界，也由里及外地影响着我。我们到了这个年龄，每年都会至少查一次身体，我把近五年的体检报告放到一起，不经意间发现前三年身高均为一米七四，去年为一米七五，今年是一米七六。我同朋友开玩笑说："我是晚长，六十五还鼓一鼓。"其实我心里清楚，我常常以竹为镜，是竹子让我提振了精神，养成了挺胸直腰的习惯而已。

唐太宗李世民曾说："夫以铜为镜，可以正衣冠；以史为镜，可以知兴衰；以人为镜，可以明得失。"对我而言，"以竹为镜可以修自己"。

"以竹为镜"是有感而发，这种提法妥否，我一度拿不定主意，后来查了一些资料，才知道历史上早已有这种说法。对于以竹为镜，第一稿用了"剖自己"，第二稿用了"正自己"，但仍感不妥。后来受"修身齐家""修身养性"和"党性修养"的启发，我改为"以竹为镜可以修自己"。这是我一生的目标，争取百年之后，能交上一份及格的答卷！

竹子是我一生的榜样，少年时学竹是为了天天向上，青年时学竹是为了节节向上，中年时学竹是为了有更多正能量，老年时学竹是期待竹报平安！

此生我将永远以竹为榜样，争取做人如竹！

第四辑

谈国学 话厚德

“厚德载物”的“德”

“厚德载物”出自《周易》，原文是：“天行健，君子自强不息；地势坤，君子以厚德载物。”很多人把这句话写成条幅挂在家中，而对于这句话，每个人的理解不尽相同，我的理解主要有以下几点：

德载中华。著名哲学家、国学大师、北京大学哲学系教授张岱年先生，把中华民族精神概括为“自强不息，厚德载物”。清华大学把这句话作为校训，已经有百年历史了。

中国具有五千年的历史，尽管社会不断变迁，帝王不断更换；尽管其他民族屡次入主中原，但从来没有割断中华民族相承的血脉。正所谓“海纳百川，有容乃大”。中国成为世界四大文明古国之一，中华文明成为唯一没有被灭亡的文明，也正是由于华夏儿女“自强不息，厚德载物”。

中华文明的绵延不绝，离不开历代英雄豪杰的奋力抗争，也离不开思想家老子、孔子、孟子等人的不懈努力，离不开“四书五经”等闪烁着思想光辉的经典的深远影响。“四书五经”为人们提供了“修身、齐家、治国、平天下”的智慧和经验，成为举世闻名、光照千秋的东方“圣经”，其中，老子的《道德经》被世界公认为“百经之首”。

诺贝尔物理学奖获得者李政道，准备考芝加哥大学研究生时，因没有本科学历，校方要求他必须读西方名著。可李政道说：“我没读过西方的名著，但我熟悉老子、孔子的思想和东方的圣经——‘四书五经’，这些才是真正的经典。”他说服了校方，成为芝加哥大学的研究生，后来成为该校的骄傲。

习近平同志说：“中国有坚定的道路自信、理论自信、制度自信，其本质是建立在五千年文明传承基础上的文化自信。”我们不仅有深厚的文化底蕴，有中国革命年代形成的红色文化，也有新中国成立后，累积的社会主义先进文化，这奠定了我们自信的强大底气，彰显中国文化的优势。

人无精神则不立，国无精神则不强。精神是一个民族赖以生存的灵魂，唯有精神达到一定的高度，这个民族才能在历史的洪流中屹立不倒，奋勇向前。

现在我们比历史上任何一个时期都有理由相信，我们的民族精神将支撑我们完成伟大的民族复兴。

德行天下。在中华文化的宝库里，行善积德的文化最为丰富。《道德经》《弟子规》《三字经》，“仁义礼智信，温良恭俭让，忠孝勇恭廉”，绵延百代，纵贯千年，哺育一代又一代华夏儿女。一个知识不健全的人，可以用美德来弥补，而一个道德不健全的人，却难以用知识来弥补。人们常说的“缺什么，不能缺德”，就是这个意思。德是什么？德就是按照万物的规律去工作，去生活，去做人做事。它是维系人类生存的重要底线，也是自强不息的前提和基础。

立德修身，是处世立业之本。“国无德不兴，人无德不立”，中国共产党自成立以来就把“为人民服务”作为建党的宗旨，把中国古老的德文化进行了浓缩和提炼，因此受到广大人民的拥护和支持。中国共产党领导的井冈山时期不足三万人的军队，一路跋涉，一路奋战，一路壮大，最终推翻了有八百万军队的蒋家王朝，创造了一个东方乃至世界的奇迹。

老一辈无产阶级革命家毛泽东、周恩来等都是德行天下的优秀代表，不仅受到中国人民的拥护和爱戴，发达的资本主义国家的人民也十分敬仰。雷锋、孔繁森、钱学森、焦裕禄把人民的利益、国家的利益看得重于一切，成为中华民族的标杆式人物，他们的精神熔铸进中华民族的骨髓。

最近，“感动中国”的孟佩杰，在贫困中任劳任怨，乐观开朗，用青春的朝气驱赶种种不幸。她无怨无悔地背着母亲上大学，让孝德填满四千多个日日夜夜，用自己的行动诠释着道德的真谛。无数个孟佩杰正行走在古老的中华大地上。

有一首小诗与诸君共勉：“道德连着国和家，文明和谐全靠它。人人植下美德树，神州处处开心花。”

德传世代。司马光在《家训》说：“积金以遗子孙，子孙未必能守；积书以遗子孙，子孙未必能读；不如积阴德于冥冥之中，以为长久之计。”

在民间，当某个人家有子孙出人头地时，人们总是说“他家老祖宗积阴德了”。什么是阴德？阴德就是多行善事。就如播种，只要播下种，就不怕将来没有收成。

北宋文学家、政治家范仲淹行善积德，换来八百年子孙福报，成为历史有名的传德世家。

范家在苏州有一块著名的风水宝地，当时的风水先生对范仲淹说："后代必有公卿！"范仲淹心想，既然此地风水能使后代显贵，那不如改为学堂，让苏州城的平民子弟入学，将来众人的子弟都能贤达显贵，较之自己一家显贵岂不更为有益？于是他立刻兴建学堂。千年以来，这里出现了近四百个进士、八十个状元，现在是一所高中的旧址。真正做到了让平民子弟的后代能贤达显贵。范家一直到民国初期，历久不衰，而历代子孙都能够遵循范仲淹留下的祖训，"仁厚知善，常修布施"，因此使八百年家风不堕。

最近，我同几个兄弟整理我们家的谱书。李姓于1522—1566年间，在海阳所李家落户以来，距今已有500年左右的历史，到我本人已是二十四世。

记得爷爷在世时，每逢过节，谁家有困难、谁家盖房、谁家办红白喜事，五代以内都相互帮忙，共渡难关。

近些年，我们家族六代以内都走得很近。现在家族里有的是教授、高级老师、高级经济师、注册会计师、劳动模范；有的是全国十大军民两用企业的骨干，受到胡锦涛总书记的接见；有的被评为全国十大经济年度人物。即使是身在农村的族人，也重德行孝，受到邻里的好评。

近来北京一高校老师组织学生看电影《白毛女》，看完后组织讨论。老师问女学生："喜儿应该嫁给谁？"有部分学生认为应该嫁给地主黄世仁，不嫁大春。老师问为什么，她们讲，因为黄世仁有权有势有钱财。

这就同社会上那种“宁肯在宝马里哭，也不在自行车上笑”的婚姻观如出一辙。这种观念，是同中国古老文明格格不入的。

道德底线就是对行为主体最低的道德要求。一个人没有了道德底线，就会肆无忌惮；一个社会没有了道德底线，社会风气就会不好。

2017 年五四青年节，习近平总书记深刻地阐述了社会主义核心价值观的重大意义，对广大青年提出崇德修身的明确要求。十八大后，我国加大反腐败的力度，抓了很多贪官，他们都曾是社会的精英，是家族的荣光，是父母的骄傲，尽管他们的问题不尽相同，但相同的一点就是“德不配位”。

在此我不得不发出呐喊：醒醒吧，当官的朋友！你贪那么多干什么？生不带来死不带走，何必把自己整得寝食不安？人身一旦失去了自由，你爹娘怎么活？你儿女怎么办？

醒醒吧，无良的商人！不干净的钱增加一分，德就失去一寸。德保不住了，钱财还能是你的吗？

醒醒吧，年轻的朋友！社会是很现实，人生的压力是很大，但我们必须要有德，有了德，钱财慢慢会有的；没有了德，人生的根基就不稳，根基不牢，地动山摇！

十九大以来，社会风气不断好转，更多的人开始认识到厚德载物的重要性。最近看了一篇文章，文中讲了厚德载物有二十五德。那么多德，一般人记不住，也做不到。我想记住两句话就行了：当官的记住“为人民服务”，百姓记住“行善积德”。记住这两句，每天从身边的小事做起，共同努力，就会“德载中华，德行天下，德传世代”。

美国总统奥巴马来访时，习近平主席夫人彭丽媛亲笔写下“厚德载物”四个字送给奥巴马夫人米歇尔。可见这四个字的意义多么重要。随着中国走向世界，中华文化走向世界，“厚德载物”必将在世界范围内产生更大的影响，得到更好的丰富和发展！

“上善若水”之管见

“上善若水”这个成语，儿时听爷爷讲，上学时听老师讲，踏上社会听专家讲，但一直似懂非懂，很多时候感到读得越多，内涵越深。其中的道理有时近在眼前，在脑海，在心田；有时又很遥远，好像远在山边，在天边。似乎，它的博大精深让人穷尽一生都难以真正读懂悟透。

“上善若水”出自老子（名李耳）的《道德经》，含义是，最高境界的善行，就像水的品性一样，泽被万物而不争名利。老子借水的品格，为人的行为定一个榜样。他提倡人“居善地，心善渊，与善人，言善信，政善治，事善能，动善时”。具体地说，就是探讨人生如何以水为师，善于下位而居，心胸要像水一样深沉幽静，待人要像纯净透明的水一样真诚友爱，说话要像水那样遵时守信，从政要像水那样能在万物间周旋调和，做事要像水一样发挥最大的效能，行动要像水一样把握时机。

善有“小善、中善、大善”。人生在世，行大善者，难能可贵，是我们每个人追求的目标。我们只有先把“小善”做好，才能成就“大善”。所谓“水滴石穿”，不仅仅要有不屈不挠的顽强精神，更要有日积月累的坚持。做好事，要懂得积跬步至千里，积小流成江河。日行一善，为挑重担、担大任、行大善打好扎实的基础。北宋哲宗元祐三年（1088）任兵器监主簿的葛繁坚持每天做好事，后来官至太守。有人请教他如何“日行一善”，他说：“比如这里有条板凳，倒了碍人走路，你就弯腰把它扶正放好，即是一善。”

做善事，并不是富人的特权。即使我们处在贫贱之时，甚至身处逆境，行善也不能停步。2008 年5 月12 日，汶川发生大地震，5 月17 日，南京江宁街头，乞丐徐超掏出5 元钱放进募捐箱；当天下午，徐超特意去银行将讨来的零钱换成整钱，将100 元塞进募捐箱；5 月19 日，徐超又送来了339. 01 元的捐款。

人处在“逆境”时，要像水变冰一样，越在寒冷的环境下越能体现出坚如钢铁的特性，要有百折不挠的精神。也要像水一样，上可入天化为云雾，下可入地化作雨露，汇涓涓细流，再聚于江河，形成新的凝聚力。“人善人欺天不欺，人恶人怕天不怕”，只要心中充满着对善的追求，风雨过后，就一定会再见到彩虹。

我们既要有滴水穿石的坚韧不拔，又要有极大的可塑性，在海洋中是海洋之形，在江河中是江河之形，在杯盘中是杯盘之形。培养至刚、至净、能容、能大的胸襟和气度。

人处在“顺境”时，要像水一样迎接春天万物的复苏，带上上苍赋予的灵性按万物的生长需要分配雨水。同时要像水一样，无论做出什么业绩，该圆的圆，该方的方，能包容接纳，聚气生财，周济天下，不能为富不仁，还要不贪不腐，守住底线，有一个安全的人生。

话是说不全的，很难“一言以蔽之”，总之世上柔莫过于水，猛也莫过于水。世上万物，皆离不开水，其内涵更是不可胜穷也。“上善若水”影响了我一生。

幼时“学善”，第一任老师是爷爷。人之初，性本善，性相近，习相远。爷爷是个文化人，算盘打得好，毛笔字写得漂亮。我七八岁时，爷爷就教我打算盘，给我讲很多行善的故事，也讲上善若水，我听了半天就问爷爷：“上善若水是不是就是学雷锋呀?”爷爷笑着说“也对”。没过几天，爷爷就给我买了本当时很流行的《雷锋故事》的连环画，并从头到尾给我讲了一遍。上小学一年级时，我就能把这本书上的故事讲给班上的小朋友听。让我感动的是，爷爷给一个膝下无子的老人养老送终。在那个年代，这不是一件容易的事。爷爷的言传身教影响了我一生。

我的第二任老师是母亲。我们家在村子中央，在大队部旁边，因此来我村讨饭的乞丐、来演出的盲人、住宿的公社驻村干部，走进我家是常有的事。凡是讨饭的，我娘从不会让他从我家空手走。给盲人盛饭前，虽然盲人看不见，但我娘会把碗刷两遍。有的驻村干部在我家一住就是四年（没有房租）。

前辈的言行，在我幼小的心灵上种上了“善”的种子。十多岁的时候，我就立志向雷锋同志学习。我上小学时就开始背毛主席语录，背《纪念白求恩》，立志走出农村，走向世界，要像白求恩一样做一个国际共产主义战士。

中年“求善”。为了在求善的路上走得远一些，好一些，我不管干什么都争取做最好的自己。高中毕业后，我担任村团支部书记，一年后，团支部就成为烟台市的“先进团支部”，我被评为“先进个人”。参加县学大寨工作队，每人分管一个生产队，此外，我还分管大队八个副业单位、青年民兵，有时还帮工作队写材料。我到罐头厂当工人，不足三个月就被调到办公室，从事文秘、宣传、团支部书记等工作。此外，我还负责企业管理工作，制定了罐头厂管理制度，分上、下两册，在全公司进行考核。工人一天工作八小时，我一天工作十四五个小时。

所有这些涓涓细流，终于在我调到乳山果汁厂担任一把手后，得以全面发挥力量，汇集成浩瀚的江河湖海。

一进厂，我就靠“三正”（正己、正人、正企）来治“三多”（混子多、外欠款多、库存产品多）。半年后，果汁厂就扭亏为盈。经过十七年的努力，我带领企业成为“世界规模最大、行业成本最低、中国质量最好”的A股上市公司，解决了全国几千万果农卖果难的问题。通过果汁设备引进、消化、创新，整个果汁行业为国家节省外汇折合人民币超百亿元。工人1992年入股，2000年退出，八年时间，由入股时的275万到退出时分红3500万，加上股本两年内已分红返回，共计增长近12倍，人人过上了小康生活。

我能在行善的路上比一般人做得多一点，根本原因就是上善若水对我的影响，使我在困难和压力面前激流勇进，在荣誉和鲜花面前怎样能急流勇退。近二十年来，社会物欲横流，很多人缺失良知，成为金钱的奴隶，我还能守住一颗平常心，这都归功于上善若水对我的帮助和引领。

晚年“悟善”。六十岁以后，在求善的路上我选择了退而不休，利用晚年的时间把我求善的心得和体会进行整理，出版了《冲坎闯关》一书，全部免费赠送给亲朋好友。另外，我自费开了个“海泊轩茶社”（坐落在海和河的交叉口），以“养心、养身、养德、养神”为宗旨，免费供茶友使用。现在，我准备用两三年时间写本散文集，集中论述学善、求善、尽善的人间正道，再免费赠送朋友，使自己成为一个尽善、传善的忠诚使者。

近几年，我看到了一个现象。我居住在水溪旁边，有点小桥流水的味道，很有意境。每天步行去茶社的路上，都能看到一两岁的孩子，由大人陪着在玩。多数孩子看见我都会笑，一开始我很纳闷，后来我想，一两岁的孩子别的不太懂，但大人的脸上是笑是善还是凶，是看得清楚的。可能我看见孩子时，脸上情不自禁地带有微笑和善意，孩子们也跟着笑。这让我想起“相由心生”这个成语。也许孩子们的笑脸是对我在人生尽善路上的最大肯定。

儒、佛、道各自都有自身的文化特点和追求，但对于水的认知，却有着惊人的相似之处：儒家讲“智者若水”，佛家讲“仁者若水"，道家讲“上善若水”。联合国秘书长潘基文在美国总统奥巴马先生过54岁生日的时候，送了一幅书法作品《上善若水》作为生日礼物。看来，上善若水属于中国古代，也属于现代。它是中国的，也是世界的。随着中华文化走出国门，上善若水的精髓一定会在世界范围内得到不断的丰富的发展。

第五辑

谈哲学 话人生

总结人生一个字——“度”

我们退休的人，难免会盘点人生，回忆总结自己一辈子的历程，也喜欢观察朋友、同学的人生。其中很多现象不得不引起我们的深思。比如读高中、大学时，有的人身体很好，是公认的运动健将，但英年早逝；有的人书读得一般，但人生的价值却不一般（事业很有成就）；有的人书读得很好，职务、事业上去了，但人却进去了（指犯罪被判刑）；更有意思的是，书读得好的人，后来给书读得差的人打工。所有这一切看上去很难理解，但分析总结每个人的人生历程，就会比较容易理解。人这一辈子，用一个字概括就是“度”；用一句话总结就是“好在适度，误在失度，悔在过度”。

《中庸》是“四书五经”中“四书”的经典之作。“中”不偏，“庸”不易，意思是人生不偏离，不改变自己的目标和主张。人在前进中，要中正、中和，正确对待喜、怒、哀、乐，这里的“中”字，不是调和，而是恰如其分。其主题思想就是知行合一、顺势而为。中庸理论用一个字概括，我认为就是一个“度”字。适度是药，过度是毒。所以把握好“度”，是每个人处理生活与健康、事业与成功的关系的根本准则。

我们每天、每时、每刻都在“度”字中生活。衣食住行、吃喝玩乐要有度，说话办事更要有度。把握不好，任何问题都有可能发生。如果把握得好，什么奇迹也皆有可能发生。以下力求从“六个度”来理解中庸之道给我们人生的引领和启发，但愿对奋进在创业路上的年轻一代能有所帮助。

角度。“给我一个支点，我可以撬起地球。”这是古希腊物理学家阿基米德家喻户晓的一句名言。意思是，支点、切点很重要。在这里，我们可以理解为角度。从人生目标看，从什么角度切入，是一件非常重要的事情。在物质世界，小到一个打火机，大到飞机、航母的一个零件，你只要能切入其中，搞精、搞专均可创造奇迹。用微信的朋友，每天十几次看到微信的图标，在浩瀚的宇宙中，一个人站在地球的前边，这个人叫张小龙。他被称为微信之父，2012 年被评为中国创新人物。他历尽艰辛把一个功能齐全，高、精、尖的产品变为老少皆宜，还不花钱的一个“良师益友”。现在很多人可以一天不吃饭、不喝水，但不能一天不上微信，微信成为我们生活的重要组成部分。

高度。找到角度以后，首先要看到从这个角度出发，所能达到的高度。现在社会上讲的“高、精、尖”，就是我这里谈的高度。人往高处走，水往低处流。要在当今的社会搞实体经济创业要做很多准备工作，就同爬山一样，在爬之前，你要知道要爬的山有多高。现在是工业 4.0 时代，我们已告别了以蒸汽机为代表的第一次工业革命，以电气化为代表的第二次工业革命，以信息、技术为代表的第三次工业革命。现在是数据化、智能化时代，也就是工业 4.0 时代，如果看不到、看不清这个趋势，创业的路会很艰难。

深度。这里说的深度是指科技的含量。创新是灵魂，我们干一件事，首先要知道他的科技要点、难点在哪里，也就是“水有多深”。事物在不同阶段，“水的深度”不一样，现在讲究弯道超车，只有在要点、难点上突破创新，解决了深层次的科技问题，创业才有可能。过去解决了创新问题，还要解决人、财、物、产、供、销等更多问题，现在只要有创新成果，有核心竞争力，其他问题都不是问题。手机马上要迎来5G时代，下载速度是4G的一百倍以上，前四个时代我们都没有份，只能花钱用别人的，5G时代是中国“芯”中国标准，全世界很多用户只能把钱送给中国了。

力度。人制定好创业目标后，要根据目标的初期、中期、成熟期，各个不同阶段的要求，权衡自己的人力、财力、智力和社会资源比较好地进行衔接。一定要量力而行，充分预判各个阶段的目标完成情况和相应的对策。全球华人首富李嘉诚第一份工作是给制作五金马桶的工厂做销售，工作很出色，老板非常满意，但他发现塑料桶将代替铁桶。也就是行业发展需求的环境和温度变了，所以他谢绝五金厂老板给他晋升加薪，改行进入了塑料行业打工，两年就晋升为总经理，为他的人生蓄积了新的能量。他后来辞职，自己办了一个塑料厂，开始了李氏天下的起航。从开办第一个塑料厂到成为全球华人首富，李嘉诚任何时候，都根据外部世界的温度调整自己的商业帝国。

温度。任何一件事成功与否，内因是根本，但外因也是非常重要的条件，外部的政策、法律不允许，内因再强大，目标也难以实现。温度不够，鸡蛋孵不成小鸡，水差一度都不会开。近两年，我们可以看出，我国是全球贸易第一大国，贸易额占全球的14%，人民币结算仅占1.4%左右。尽管人民币已成为国际贸易货币结算成员之一，很多国家也有了人民币的结算中心，但人民币结算数额却由第六变为第七。随着“一带一路”倡议的推进，随着中国5G网络的开通和支付软件的普及，随着中国经济总量的不断增长，人民币结算数额将不断增加，排位也会不断上升，进而挑战美元的霸主地位。

气度。这里的气度是指人的心胸，指做人要有度量，心胸要宽广，处事要张弛有度，轻重缓急要拿捏得合适。李嘉诚办公室悬挂着唯一的一幅书法，是清代儒将左宗棠题于江苏无锡梅园的诗句：发上等愿，结中等缘，享下等福；择高处立，寻平处住，向宽处行。

“发上等愿”和“择高处立”就是格局远大，眼界开阔。

“结中等缘”和“寻平处住”就是要脚踏实地、积极稳妥。我们不要孤傲，不要把自己看得太高，而是要把自己摆在平处。做事求平稳，一步一个脚印，步步为营。想做大事、难事的人，就必须要脚踏实地地做好每一件容易的事、每一件简单的事。

“享下等福”和“向宽处行”。下等福才是生活的本真。一切的奢侈和繁华，不过都是过眼云烟，粗茶淡饭才养人。

青年时期的孙中山爱谈论、关心国事，有的人问他：“看你言高志大，莫非你想当广东都督？”在这些人眼里，广东都督是个很大的官，而孙中山却说："我要干的事比广东都督干的事大多了。"正是这样的气度，使他成为辛亥革命第一人。

我心里有个结解不开，在北京工作时，听一个领导讲："人不可进两个庙，不可敬两炷香。"他的意思是儒、释、道，只可选一个而敬之。为了写好人生这个"度"字，我读了不少相关的书，特别是读了南怀瑾先生的书之后才认识到，过去领导是道听途说，根本不是他说的那样，对我们凡人来讲，儒、释、道都可敬。人生最高境界是"佛为心，道为骨，儒为表"。大度看世界，技在手，能在身，思在脑。儒、释、道的门派不一样，但也有共同的认知。比如对水的感悟，道家讲"上善若水"，儒家讲"智者若水"，佛家讲"仁者如水"，都认为水是世间最柔弱的。然而攻击坚强的东西，没有胜过水的。

"过犹不及"出自《论语·先进》，其意思是做事超过或不够，都是不合适的，其实就是讲究一个"度"字。

总之，人这一辈子，人做好了，度把握合适了，这世界就该有你的一份了！

一副对联

我们中华民族有很多优秀文化，最近几十年，尽管有些传统文化受到了很大的挑战和冲击，但对联这一传统文化，不仅没有受到冲击和挑战，而且还随时代的发展而不断发扬光大。不论是在国内还是在国外，不论是在北国还是在南疆，只要有中国人生活的地方，就可以看到对联。特别是每年的春节，那便是“爆竹声中一岁除，春风送暖入屠苏。千门万户曈曈日，总把新桃换旧符”。这是北宋政治家王安石所作的《元日》，意思是，在阵阵爆竹声中，旧的一年已经过去，人们欢乐地畅饮着新酿的屠苏酒，初升的太阳照耀着千家万户，都忙着把旧的桃符取下，换上新的桃符。

古人在辞旧迎新之际，用桃木板分别写上“神荼”“郁垒”二神的名字，或者用纸画上二神的图像，悬挂、嵌缀或者张贴于门首，意在祈福灭祸。据说，桃木有避邪驱鬼的作用，这就是最早的桃符。

五代时，人们在桃木板上书写联语，之后书写于纸上，称为春联。春联迄今已有一千多年的历史。它言简意深、对仗工整、平仄协调、字数相同，是我们民族语言独特的艺术形式。

从儿时记事起，每到过年，家家户户都贴春联，但那时只知道春联的颜色都是红色的，很喜庆，对其内容一无所知。

我家以往过年的春联都是找人写，我二十五岁参加工作后，在乳山罐头厂从事宣传工作，每周要换一次黑板报，每月要换一次宣传栏，尽管毛笔字功底很差，但练了一段时间，也勉强可以示人。因此自家过年的对联无须再找他人写了。

尽管我写过对联，也一直想创作一副对联，但终因才疏学浅没有实现。去年九月份的两件事，让我成就了一副对联。

第一件事是我在住的小区里看到砸墙的工人为了钱而不要命。我们小区是墅区，每家装修都按自己的风格对原来的建筑进行改动，砸出的水泥、砖块等有一大卡车。工人砸墙时因小区物业有要求，门、窗不能开，因而工人在室内作业时烟尘四起，三米之内都看不清人。中午吃饭时，他们一出来，整个人就像一个水泥人。我问他们为什么不戴口罩，吸这么多的尘土不要命了吗？我顺手给了他们几瓶矿泉水，他们讲："为了一天挣个四五百元，什么命不命的，大叔。"

第二件事是我认识的一个老板，很多年没见了。他找朋友捎信，说很想见我。朋友告诉我，现在他很大方，有人给他写了一副对联"日花一万，一顿一斤"，横批"天天如此"。我笑了笑说："这也太夸张了吧？"当有人告诉他我回来时，他中午便请了十个人拿了一箱五粮液在一个私人会所吃饭，我仅喝了二两白酒便感到喝多了，他领大家把一箱白酒全喝了，还喝了一箱红酒。我看这一顿饭就超额完成了他日花一万的目标了。喝完酒我要休息，他说："不行，我们要去唱歌。"我不便扫他的兴，便到了歌厅。因我有午休的习惯，不一会儿，便找个借口要走。他说："你走可以，但晚上我们还要一起坐坐，我有很多朋友也想见你。"我只好答应。晚上又有十六个人，喝的酒一般，但他见吸烟的人多，便要了一条软中华，抽烟的人一人一包。他喝到高兴时，要单独敬我一杯，说要谢谢我在干市长助理期间为他讲公道话，并说："很多人不喜欢我的性格，特别是有些领导更不喜欢。你曾私下对管工业的市长讲，搞企业的人，如果没有独立的人格和性格就难以成为企业家，我们应理解、保护这种企业家的潜质。"我一听这都是十多年以前的事了，现在还提它干什么。

此时，我们难免都会问，他的几个工厂谁管，他每天花一万，一年能挣多少钱？后来得知，几个工厂都是他儿子管，他只管接订单，很多客户都认他这个人，因此订单很多，一年利润至少一千万。

通过这两件事，再加上看到、听到当下的社会现象，我很快便写了如下一副对联：

人无钱人不值钱钱值钱

人有钱钱不值钱人值钱

对联写出后，我便在小范围内征求朋友的意见，大家都认为此联反映了当下社会的某些现象，是一副好对联，只是没有横批。要我尽快写出横批，让此联得以完善。

我写这副对联没用什么脑，但横批却难倒了我。横批是对联的灵魂，是点睛之笔，我想了十多天，也没想好，有时晚上想到了，早晨起来自己便否定了。没办法，我便在朋友圈搞了一个有奖征横批的活动，向乳山作协、海阳所人在青岛、李家同学等五个朋友群求助。

朋友们主要围绕钱同人的关系展开讨论。改革开放以前，我们都比较穷，人人都缺钱，但大家的脑子里都不太装钱，嘴上也不会整天讲钱，探望亲朋好友或者求人办事时都是提一些土特产或者烟酒，没有给人送钱的。大家都认为给人送钱是不尊重人的行为。

大家给出的横批有钱来人往、钱定人生……但我认为这些横批还是不妥。因为十九大以来，习近平同志已看到腐败的危险，已开展史上最大的反腐行动。

于是，我们又围绕人同钱的关系进行讨论。十八大以来抓了很多贪官和黑社会头目。从去年播放的贪官“忏悔录”来看，贪污金额让人触目惊心。在大量的事实面前，人们自然就会想到另外一个问题：人一辈子是自由、生命重要，还是金钱重要？我们普通老百姓都知道，人失去健康，钱是废纸一张；人失去生命，钱同纸灰一样。人们也知道，人人都需要钱，但钱的来路要正，手中的钱要干净，这样才能花得心安理得，否则钱就是炸弹，一旦东窗事发，钱会把你炸得灰飞烟灭。

通过以上的讨论征到的横批主要有人来钱往、人聚财散、人正钱正、人在钱在、人正钱顺……我感到这些越来越接近主题，但还缺点睛之笔。

有一次，竹林翁先生给我发了一条微信，题目是“人心不善，人品不正，大富大贵没有用”。阅后我感到茅塞顿开，马上想到“人品值钱”这个横批，当时真有点一字千金的感觉。

我写的这幅“人无钱人不值钱钱值钱，人有钱钱不值钱人值钱”的对联共二十个字，其中“钱”字出现了八次，“人”字出现了四次，“值”字出现了四次，三个字共出现了十六次，因此决定了横批中应该有这三个字。人同钱的关系靠什么保持长远、稳定、安全？靠的就是人品，人品是一张通行证。所以我把人品视为这副对联的最高境界和灵魂，

去年以来的扫黑除恶，深得民心，老百姓拍手称快。我上次回村里同村支部书记讨论此事，他讲有个八十多岁的老同志说：“我一辈子感到最高兴的事有两件，一件是中华人民共和国成立，另一件就是这次扫黑。”

在经济快速发展的同时，道德文明却在下降。我们必须幡然醒悟，重新审视民族的未来，我们每个人都要算一下人生的大账。从古到今，中国人讲究厚德载物，缺德的人不会长久。在这二十年中，有些当官的自认为精明过人，构筑的保护伞很牢，贪了再多都不满足，在灯红酒绿之中，早已分不清东、南、西、北。大量铁的事实表明，很多贪官不仅自己倒下了，家人也完了，家族的血脉也让他葬送了。但也有很多人“众人皆醉我独醒”，他们不为金钱名利所动，一点一滴地行善积德，不仅自己安全，儿孙们也一代更比一代强！

我的这副对联写得好与坏，实话讲并不重要，那为什么要把它写出来？我主要是想借此机会，呼唤更多的良知、正义。

我们深知：只有教育优秀公平，底层社会才有上升的希望！只有医疗不黑暗堕落，生命才能得到最起码的尊

重！只有法律秉持正义，社会不公平才能压缩到最小！

我们这一代有责任发出呼唤正义、良知、人品的最强音！百年之后，我们可以告诉儿孙：“我的一生没什么大的贡献，但我转发、传播、书写了很多充满人性、良知，散发着正义之光的文字和呼声，我拒绝了同邪恶同流合污！”

对与错

我们一辈子都在对与错之间徘徊，在对与错之间选择，在对与错之间追忆和后悔。

对与错，就成了我们难以抉择、也无法回避的一个话题。

前段时间，我在朋友圈转发了一道选择题。有两个十岁左右的孩子，甲孩子付出百分之六十的努力，数、理、化得了六十分，德、智、体得了八十分；乙孩子付出了百分之百的努力，数、理、化一百分，德、智、体得了六十分。问：你喜欢哪个孩子？共收到五十六个朋友的回复，喜欢甲孩子的有 33 人，喜欢乙孩子的有 21 人，两个都喜欢的 2 人。

这个问题没有唯一答案，怎样选择都没错。本文想讨论一下第三个答案，也就是两个孩子都喜欢的答案。

五年前，我在北京同中央电视台大型文艺节目的编导王炳森一起喝酒。我们都不太喜欢酒，吃饭时，主要讨论中华民族有哪些优秀文化。

经近两小时的争论，“中庸”是我们共同的认知。饭后本应我结账，但他抢先一步，并讲：“今天你赢了。你的名字里不仅有‘中’，而且‘中’在‘李中柯’三个字的中间。我们今后共同走好中庸之道。你是哥，我是弟，今天我买单，理所应当。”

此后我一想，我们生在“中国”，我名字的“中”字是李家按辈分排的，走中庸之道莫非是天意？

什么是中庸？简单地讲，就是站中间看两边。其精华就是用一分为三的哲学理论去认识世界、改造世界。“事物是一分为三的”是一个古老而又陌生的话题。老子讲“道生一，一生二，二生三，三生万物”。

为什么事物是一分为三的？首先，在物质世界的数学中，最简单的数分为正数、零和负数。几何学上，三点（不在一个直线上）决定一个平面。物理学的原子结构研究证明，原子由带正电荷的质子、不带电的中子和带负电荷的电子构成。化学已经证明，物质溶于水或其他稀溶液中，不论这种液体是酸还是碱，其中都存在着已发生电离的氢离子、氢氧根离子和没有发生电离的水分子。液态物质呈三性：酸性、中性、碱性。

从中国文化看，中国最古老的文化就是道家文化。道家认为，天、地、人是平等的（倡导反对迷信的观点），世间万物皆遵循道生一、一生二、二生三、三生万物的普遍规律。现在看，尽管道家文化在春秋时期就已存在，但时至今日，道家文化仍然是对中国人影响最深、最伟大的一种文化。中华民族的崛起也将更多地依赖这一“德行天下”的伟大文化。

以上所说，我们不难看出，“事物是一分为三的”是普遍存在于我们生活之中的一种客观规律，是我们认识世界的方法和世界观。用这一观点来看待对与错，我们就很容易发现，任何事物对中有错，错中有对。对与错是相互依存、相互转化，不断升华的一对矛盾统一体。因此，佛家的经典里没有对与错，只有因和果。

《圣经》是一本很厚的书，很少人能看完，能看懂。南怀瑾老师总结一个字，就是“时”。时也，命也，意思是只有到了一定的“时”，事物才开始转变，同佛家讲究一个“度”字是同一个理，就像温度不够，小鸡生不出来；水差一度不会沸腾一样。

我们认识世界，只要心中有度，便可从对与错的困惑中走出来，也能从“非左即右”的怪圈中走出来。例如，改革开放前，人们对中国是走社会主义道路还是走资本主义道路进行了长时期的讨论。最后我们选择走中国特色社会主义道路。在大是大非面前，我党加上了“特色”二字，让姓“社”还是姓“资”的问题停止了争论。

有了以上认知，我们再来看两个孩子。首先是孩子家长的要求不一样，孩子的特长和特点也不一样。A 孩子的家长，要求比较宽松，孩子自由地成长，能够根据自身的特点付出百分之百的努力。B 孩子的家长要求严格，孩子也听话，百分之百地付出，所以数、理、化均得满分，德、智、体尽管差一点，但没有什么影响。因此两个孩子都好，我们都应喜欢，两位孩子的家长也都没毛病。如果我们的心态都能这样，当家长的不累，孩子也不累，两全其美，何乐而不为？

日常生活中，我们每天都会遇到选择的问题：这件事该做还是不该做？这个人该见还是不该见？这个地方该去还是不该去？这个酒会该参加还是不该参加？用大师的一句话就是凭“良知”，良知让你怎么选就怎么选。我想人的良知是靠“德”来支撑的，“德行天下”，我们该干什么就干什么，开什么花结什么果，由它去吧！

第六辑

谈社会　话巨变

伟大的国球

在世界上被称为国球的，有巴西的足球、美国的篮球、中国的乒乓球。乒乓球运动起源于英国，原名叫棹球。棹球传入中国后，因发出的声音“乒乒乓乓”更名为乒乓球。

乒乓球被称为国球，有很深的历史渊源。

新中国成立之前，我们虽然参加了三次奥运会，但与冠军无缘，就是银牌、铜牌，我们也没拿到，所以外国人嘲笑我们中国是“东亚病夫”。

新中国成立后，毛主席号召“发展体育运动，增强人民体质”，各项体育活动开始有了发展。特别是乒乓球，在众多体育项目中脱颖而出。1959 年，乒乓球运动员容国团在德国举办的第 25 届世乒赛一举夺冠，实现了中国在世界比赛中金牌零的突破，让世界瞩目，让国人振奋！此后，全国兴起了乒乓球热潮，从而开始了这项运动的长盛不衰。在国际乒乓球的所有赛事中，中国获得的冠军、奖牌超过了世界各国之和，有多次包揽男女单打、双打、混合双打所有冠亚军的历史。

获得奥运会、世乒赛、世界杯三个冠军者为“大满贯”获得者。自 1980 年以来，全世界共有十位大满贯获得者，其中刘国梁、王楠、丁宁、马龙、张继科等九位是中国人，只有瑞典的瓦尔德内尔一位外国运动员。体育赛事不确定性很大，但经中国运动员的不懈努力，不确定的事基本给确定下来。中国创造了世界体育比赛的奇迹。自然而然，乒乓球就成了我们的国球。

网上有句话：中国乒乓球在世界上“谁也赢不了”，中国足球在世界上也是“谁也赢不了”。此话有调侃的味道，说得尽管不一定全对，但可见中国人对国球的自信和骄傲。

乒乓球同篮球、足球相比又小又轻，但却在中国显示了巨大的能量。“国球推动地球，国球推动国运，国球推动国学，国球推动健康”是很多人的共识。

国球推动地球。20 世纪 60 年代末，我们同苏联的关系恶化，1969 年 3 月发生了“珍宝岛事件”，中苏进入了全面对抗阶段。中国因未进联合国，与中国建交的国家很少。有几个原来关系友好的社会主义国家，也倒向了苏联一边。美苏也处于冷战时期，中美两国都想改善关系，但一直没有好的机会。

1971 年 4 月，中国乒乓球队参加在日本名古屋举行的第 31 届世乒赛。4 月 4 日，美国球员科恩无意中搭上中国球员的班车，庄则栋主动赠送一幅绣有黄山风景的杭州织锦给科恩。科恩后来回送庄则栋一件带有和平标志的运动衫。

这一戏剧性事件顿时成为轰动性新闻。4 月 7 日，毛泽东在比赛闭幕前夕决定同意美国乒乓球队访华。1971 年的春天，美国乒乓球代表团实现了对中国的历史性访问，中美两国的乒乓球友谊赛在北京上演，留下的政治影响却向太平洋两岸散播开来，为中美人民的交往和中美两国外交的突破敲开了大门。这就是被周恩来总理称为小球推动大球的“乒乓外交”。《人民日报》在纪念乒乓外交35周年时评论说，重温“乒乓外交”，人们认识到，人民之间的友谊能够改变世界、创造历史。

“乒乓外交”后，1971年到1979年与我国建交的国家达到了100多个。尤其是1971年第26届联合国大会以76票通过恢复我国在联合国的合法席位的提案。我国成为五个常任理事国之一，在世界上开始有了话语权。所以，有人称赞中国的“小小银球转动了地球”。这不仅是体育界的一段光荣历史，在世界上也是辉煌的一页。

国球推动国运。一个人讲运气，一个国家也是如此。国运来了，势不可挡。中美建交、中日建交、中国成为联合国的常任理事国后，我们在世界上的地位和生存环境改变了。日本、印度、越南、苏联等周边国家时常找事闹事，逼得我们天天备战备荒。现在第三世界的人民在中国的带领下，相互帮助，相互声援，抱团取暖，很快形成了一股新的政治力量，为我们国家的安全创造了良好的外部条件，也为我们国内开展经济建设创造了一个好的环境。

1978年，我们开始了改革开放，把精力集中到以经济建设为中心的轨道上来。全国人民发扬国球的自强不息、努力拼搏的精神，经过40年的努力，使我国成为世界第一大贸易国、世界第二大经济体、世界第三大军事强国。经过40年的努力，中国人由“东亚病夫”到奥运会奖牌总数第一，由“华人不得入内”到中国人一年出国旅游1.2亿人次以上（现在很多国家给中国人免签和落地签证)，这所有的变化令世界惊诧不已。我们从第三世界的中心走到世界政治经济的中心。我们国家的巨大变化有多方面的原因，但国球推动国运是一个不争的事实。

国球推动国学。我们五千多年的历史形成了很多中华民族的优秀文化，“自强不息，厚德载物”被概括为民族精神。容国团获得冠军回国后，记者问他有什么体会，他说“人生难得几次博，博得一次没白活”。这句话成为无数人的座右铭，也提升了“自强不息”的内涵。

打乒乓球同打仗一样。《孙子兵法·兵势第五》中讲：“凡战者，以正合，以奇胜……奇正之变，不可胜穷也。”乒乓球无非一攻一防，攻防之变，不可胜穷也。比赛前双方就要知五事：一曰道，二曰天，三曰地，四曰将，五曰法。意思是，每次比赛要清楚这次比赛是在主场，还是客场；当地的天气、地理条件、位置都有什么特点；将领是谁；每个运动员的技术特点、性格特点、身体特点等，做到知彼知己，百战不殆；还要预判领先时、相持时、落后时的不同打法。比赛时《三十六计》中的“瞒天过海、金蝉脱壳、欲擒故纵、笑里藏刀、假痴不癫”等要灵活运用。

在乒乓球比赛中，我们时常能看到，马龙把“知行合一”变成“人球合一”，张怡宁把“天、地、人合一”变为“以守为攻，攻守合一”，樊振东把“以柔克刚”变成“刚柔并济”，许昕把“智者若水”变成“行云流水”，张继科的“置死地而后生”，陈梦的“静之幽，正以治”，刘诗雯的“致人而不致于人”，都给人们留下了深刻的印象，他们在赛场上诠释着国学的伟大和传承。

一场好的比赛，让懂球的人感到，不仅是一场视觉盛宴，更是一场中华文化大餐。现在，商场、市场的仁人志士也在学习国乒精神，把《孙子兵法》用于商场、市场，这必将推动中华文明的进一步发扬光大。

国球推动健康。乒乓球因受人数、场地、身高、体质的限制比较少，所以很多人喜欢这项运动。有人粗略统计，在中国，喜欢乒乓球活动的人不少于6000万人，从6岁到76岁，各个年龄段的人都有。现在很多居民小区都有乒乓球桌子，有的在家里的餐厅、地下室也摆上桌子，一有时间就打起来。很多人喜欢打乒乓球，特别是中老年人喜欢的更多，我也是爱好者之一。每天下午两点半左右，我就提着球包去打球，同上班一样。我们七八个球友在小小的空间，每天来回可走8000~10000步，出了一身臭汗，五点左右下班回家。我认为经常打乒乓球好处多多：

一是对大脑好。打乒乓球简单地说就是一攻一防，但在攻防的转换中，其变化“不可胜穷也”。当球发出后，接球的一方只有0.03秒左右的时间。在这样短的时间内，从预判到击球，大脑需要快速做出反应。如果是自己发球，尽管时间富余，但要考虑发什么球，以什么速度发球，落点在哪里，对方怎么接，过来的球下一拍怎么打。总之，大脑既要紧张，又要松弛；既要有难度，又不能失误。所以人们说“打球要动脑子”，脑子经常这么用，什么脑萎缩、老年痴呆一类的病都不容易得。

二是对眼睛好。每个球从对方案子过来落到自己这边，是上旋、下旋，还是侧旋？是出台还是不出台？对方站位是偏左还是偏右？都需要看清楚看明白，并同大脑第一时间“连上网”，从而决定这球怎么打。如果眼睛失误，必然造成大脑指挥失误。现在我们的眼睛都捆绑在手机、电视上，这对眼睛是非常不好的。每天给眼睛松松绑，肯定是非常有益的一件事。

三是身体协调性好。眼睛看准了，大脑也指挥无误，剩下的就靠身体去执行了。击球主要有搓、拉、带、拧、挑、弹、砸、抽、扣等动作，脚步不到位不行，腰部不到位也不行，击球点不到位还不行，用力过大过小更不行，因此要求身体协调性要非常好。只有长期坚持运动，肌肉发达，击球时才能得心应手。打球重要的一点，就是讲究合理。怎样做到合理？主要靠身体的协调性。

四是心态好。打球达到一定水平，技术上差别不大，但心态差别很大，所以关键时刻，不是打技术而是打心态。刘国正打金泽洙挽救了七个赛点，成为乒乓球史上少有的战例。王浩打柳成敏时，一般比赛十次，他能赢十次，到了奥运会决赛时，他输得莫名其妙，被称为“千年老二”。林高远被称为“内战王”，打马龙、樊振东经常取胜。最近林高远打波尔，10∶4 领先，最后却被波尔翻盘。我们经常打球，会迫使自己调整好心态，这样不仅对打球有好处，对为人处事也大有裨益。

打球的好处还有很多，比如打球打出朋友，增进友谊；打球缓解压力，陶冶情操。总之“乒乓快乐，快乐乒乓”：

知天命年乐乒乓，不为奖杯为健康。

愚人笑问老何苦，身强不劳熬药汤。

球技水平都不高，健身交友修情操。

待到余年到处走，信步闲庭乐逍遥。

我们中国的国球一路走到今天，从 1959 年第一个冠军，到今年已 60 年，60 年来涌现出很多优秀的教练员、运动员。特别是乒乓球总教练刘国梁做出了突出的贡献，但两年前他被免去了总教练职务，当天很多运动员、教练员就表示了不满并进行了罢赛，全国球迷也纷纷表示声援和抗议。在一年多的时间里，乒乓球比赛成绩下滑。今年年初，刘国梁又回到了总教练的位置，尽管目前遇到了一些挑战，但基本又恢复了昔日的辉煌，确实让国人很兴奋。在中国崛起的伟大征程中，国球精神必将激励中华儿女早日实现中华民族的伟大复兴！

中国的民打赢美国的官

——记中国果汁企业从应诉到反诉打赢美国商务部案始末

中美贸易战自美国特朗普就职以来，可谓是火药味十足，让我们高兴的是，在这一场大战面前，我们针锋相对，美国怎么出“矛”，我们就怎么亮“盾”。当2019年底中美贸易谈判取得初步成果时，我们很多人存有妥协的心理，但我认为应“立足于打”，也要“积极地谈”，只有敢于打，才能打出一个最好的结果，对美国过度依赖于谈是没有出路的。这场贸易战是中美之间的第一次正面交锋，这仅仅是个开始。怎样应对以后的中美贸易方面的矛盾？我将十多年前组织果汁行业应对美国果汁行业的起诉，进而上诉美国商务部，并获全胜的过程进行回顾，或许能为这个问题提供一些答案。其中有些情节，我第一次公开，期望对中国以出口为主的企业能有所启发，也算为迎百年巨变尽一点微薄之力。

近23年来，中国是每年在世界上被反倾销最多的国家，仅2017年中国被反倾销的商品就有78个，出口损失达105亿美元。2018年，美国已发起了对中国的贸易战，反倾销案会更多，他们将使用更多不公平的贸易规则，中国商品出口损失有可能达千亿美元以上。

关于非市场经济这个问题。2001年12月11日，经过十多年的谈判，中国终于加入世界贸易组织（WTO），成为 143 个成员国之一。当时庆贺的欢腾盛况还犹在眼前。根据规则，入世后十五年之内，成员国自动承认中国为“市场经济国家”。现在已经十六年多了，美国、欧盟、日本仍不承认我们是市场经济国家。

一个贸易总量连续多年全球第一的贸易大国，却不是市场经济国家，这真是个世界级笑话。对此我们只有拿起国际法律武器，积极应对、坚决抗争，才能取得胜利。

我们中国果汁行业曾经受到过一起反倾销调查，中国十个企业联合起来积极应诉。面对美国商务部的不公平裁决，中国企业将美国商务部告上美国最高贸易法院并大获全胜。这个案例，对出口企业仍有借鉴意义。

这一案例因为是中国首个从应诉到反诉，打赢美国商务部的经典案例，被国内多家新闻媒体关注，《人民日报》《经济日报》《内参》《内部选编》等重要报刊均进行了报道。我个人时任中鲁总经理和果汁协会理事长，是这起案例的主要组织领导者，因此备受关注。中央四台、凤凰电视台先后要求采访我，但我认为这起案例太过典型，怕美国商务部制造新的麻烦，因此拒绝了电视采访和宣传。今天我再次进行回顾，把过去不曾公开的史料也一并公开。

国投中鲁的前身是乳山果汁厂，该厂建于 1982 年，是轻工部部长杨波、原第一机械工业部副部长张怀忠两位部长出国考察后亲自谈定的项目。国家拨给专项外汇 80 万美元（那时外汇非常紧张，1 美元兑人民币 3.82 元），建成中国第一条苹果汁生产线（每小时加工果汁 6 吨）。1983 年，乳山果汁厂投产后，洋设备“嫁”到中国“严重水土不服”。五六年的时间里，产量上不去，质量不达标，企业亏损严重，经营十分困难。1989 年 5 月，我任总经理后对生产线重新进行改造调整，才使质量、产量达到设计能力。1991 年，乳山果汁厂又从四川买回第二条引进的闲置生产线，一跃成为亚洲最大的果汁企业。1995 年之前，乳山果汁厂是中国唯一的果汁出口企业，企业出口创汇、利润连年翻番，成为全国学习的典型。

中国的苹果种植在 20 世纪 80 年代前，主要集中在“两岛”（辽宁、胶东两个半岛），20 世纪 90 年代初由两岛发展到“两西”（陕西省、山西省），进而又扩大到“两河”（河南、河北）。中国一举成为世界最大苹果生产国。总产量达到 5000 多万吨，出现了卖果难问题，特别是残次果更无销路，因此各地都急于新上果汁项目。

1995 年之前，果汁加工主要靠经验管理，特别是质量控制，每天按照苹果不一样的成熟度而决定添加不同的辅料，从而保证质量。1995 年之后，国外成功地把超滤用于果汁质量控制，使果汁加工由过去的经验控制转变为设备自动控制。因而，果汁产量迅速增加，由 1995 年之前的不足 3 万吨增加到 2002 年的 80 万吨。

全世界浓缩苹果汁需求量一年在 130 万吨左右，主要消费国为美国、欧洲、日本、俄罗斯等发达国家。为了尽快出口，缓解资金压力，很多中国果汁企业微利或亏损进行销售。有的企业出口到美国的价格，都不够在美国果汁企业买原材料，使国外过去多年发展得挺好的果汁企业，全部变为亏损，且多数面临破产。

面对美方起诉，我们敢不敢应诉？

中国果汁进入美国市场后，果汁产量由 1993 年的

2660.72吨，增加到1998年的45931吨，产量增加了近17倍，占据了美国果汁市场18%的份额，美国因此成为中国重要的出口市场。

1998年10月，我国浓缩苹果汁行业从美国有关方面获得信息，美国苹果汁协会开始酝酿对中国出口浓缩苹果汁的企业提起反倾销诉讼。他们认为：1995年到1998年间，中国浓缩苹果汁对美出口量增加了997%，平均价格下降了53%。1999年10月10日，美国8家果汁生产企业聚会，准备联手向美国商务部正式递交申请，要求对来自中国的浓缩苹果汁征收91.84%的反倾销关税。

就在同一天，中国食品土畜进出口商会接受陕西海升等公司的建议，召集我国浓缩苹果汁行业内30多家出口企业在西安召开了首次果汁会议，商讨应诉对策。当时，行业内还没有专门的果汁协会，大家争论的焦点就是敢不敢应诉。关键时刻，我被推到了会议的“前沿”。冷静分析局势后，我提出了三条建议：第一，坚决要应诉，最好是行业联合应诉；第二，赶紧调整果汁出口价格，将出口美国的浓缩苹果汁价格每吨上调60美元；第三，抓紧筹备成立行业协会，按协会管理办法，理顺和规范行业发展，建议把中国坚决应诉这一消息通过各种渠道告知美国起诉方，因为尽管都是10月10日，中国时间比美国早一天，就是说，我们开会结束的时候，正是美方要开会的时候。消息传到美国后，美方也很快做出了反应：马上下调税率，从诉讼初始的91.84%主动下调至51.74%。

官司未打，美方先输一城（过去的反倾销案，有不少案件因无人应诉，美国商务部单方裁决）。对此，国内骨干企业精神振奋，坚定了奋起应诉的决心。但也有一些企业心存顾虑，当中国食品土畜进出口商会真正组织应诉企业报名交钱的时候，参加西安会议的30多家企业中却只有11家报名，之后，由于种种原因，又有一家企业中途退出。

当时的背景是：美国是世界最大的果汁消费大国，同样作为果汁出口大国的智利、巴西在美国市场上同中国竞争激烈，他们联合出资150万美元给美国起访方，出资目的是对智利和波兰免于起诉，只起诉中国，意在把中国孤立起来。

美国几个苹果生产大州的21名参议员和51名众议员分别联名给时任总统克林顿写信施加压力。同时，中国又被指定为非市场经济国家，替代价格参考的是印度。

在重重压力之下，我国浓缩苹果汁企业面临巨大的考验：如放弃应诉，就意味着将失去美国这个重要的出口市场；如果应诉，则要打一场越洋官司，需投入大量的财力、人力不说，还不知道胜算到底有多大。我们在认真分析了应诉的利与弊后，坚信只要准备充分，聘请美国最好的律师就一定能打赢这场官司。

此后，在不到一个月的时间里，中国食品土畜进出口商会果汁分会就成立了。中鲁公司被选为理事长单位。果汁分会成立后，外贸部制定实施了《果汁出口签章制度》，并定期实施最低出口限价的行业自律措施，聘请专业会计师事务所对企业进行核查，引导行业健康发展。

面对美方诉讼税率的下调，我们该不该妥协？

当美国反倾销税率从91.84%下调至51.74%后，国内的许多企业产生了妥协的想法。他们认为：既然美方已主动降低了税率，就可以展开“和谈”，通过妥协的办法，而不是采用应诉的办法。有的企业同所在省的有关部门和商会，找到外经贸部要求谈判妥协。在部分企业举棋不定的时候，中国食品土畜进出口商会秘书长张志彪协同我力排众议，坚持说服业内企业千万不能盲目妥协。我认为此时妥协，美方即使给一个不错的结果，也不会是最理想的结果。经过充分的论证，行业内的主要企业又重新坚定了上诉的信心，10 家企业再次团结起来，正式应诉。

应诉之初，面对的最大问题就是聘请律师，聘请什么样的律师才有利于打赢这场官司？业内企业集思广益，决定不惜重金，集体聘请最好的在打反倾销官司方面有着丰富经验的美国律师。最后，经过公开筛选，我们选中了美国格林菲尔德律师事务所，该事务所安排了具有多年反倾销办案经验的布卢斯·米切尔杰夫瑞·格林姆森和马克·帕多律师作为中方的代理律师。

实践证明，集体聘请最好的律师事务所，聘请最优秀的律师，本身就给了美国方面（起诉方）一种很大的压力，因为我们聘请的律师，代表中国这个行业，而不是代表一个企业，能否胜诉直接影响到他们在中国以后的业务。同时，因行业起诉的调查项目较多，律师可以节约成本，集中精力把时间用在最关键的问题上。现在回头看我们整体应诉，请一家最好的律师事务所确实是明智之举。

面对美方的不公裁决，我们上不上诉？

2000 年 7 月 4 日，美国商务部裁定，中国果汁对美国出口构成倾销，并认定倾销幅度分别为 0 到 51.74%，除一家获得零税率外，在10家应诉企业中，9家企业分别获8.98%至27.57%的税率，加权平均税率14.88%，未应诉的企业税率一律为51.749%。

美方的这一裁决结果传回国内后，外贸部、中国食品土畜进出口商会和部分企业“欢欣鼓舞”。他们认为到了举杯庆祝的时候了。他们认为，这一结果比预想的要好得多。然而，我认为这个裁决结果非常不理想。

2000年7月15日，商会准备在珠海召开果汁行业庆功会，我同格林菲尔德律师事务所主要负责人米切尔杰夫瑞约定提前到会，对案件的进一步运作再进行具体洽谈。我们见面后就美国起诉方采用印度某企业的苹果价格存有明显不合理的问题和其他五个辩点进行了详细的交流。我问他：“怎样才能争取更好的结果？”他说：“按照美国法律，只有到美国国际贸易法院起诉美国商务部裁决不公，由我方重新到印度调查苹果价格，并能提供有力的证据，才有可能改变结果。”我问他胜算有几成，他说一半对一半。

我们洽谈完已近晚上十点，我又找到第二天主持会议的商会秘书长张志彪，我建议把明天的庆功会改为通报会，并就准备组织9个企业商讨起诉美国商务部一事进行磋商。张秘书长一听，觉得此事有点大，需向商会和经贸部有关领导汇报，并约定第二天上午十点前给我答复。当晚十点多回到房间，我一个晚上都难以合眼，一是因为这事太大。起诉美国商务部，在世界贸易历史上有过，但中国人起诉美国商务部是首次。敢不敢挑战一下？这是对我们极大的考验。二是中国商会和经贸部是否同意我们上诉美国商务部，他们的意见很重要。三是十家企业除一家零税率外，剩余的九家是否能再一次集体上诉，我心里也没底。第二天早上九点，我组织九家企业先开了个小会，通报情况，统一思想，把我准备上诉的理由同大家进行了充分的沟通，并诚邀各家企业参加这次上诉。

我当时担任果汁行业理事长已经两年，为了行业的健康发展积极付出努力，受到大家的好评和拥护。参加会议的六个总经理当时就表态：听我的，我说怎么办就怎么办。另外两个是副总，需请示后再答复（当日上午十一点，经电话请示也同意参加上诉）。

随后，张秘书长也来到会议室，讲了商会和经贸部的意见："有关领导认为，本次案件的判决结果还不错，但如果企业上诉美国商务部，我们也不反对。"

小范围会议结束后，十点半召开全体大会。美国律师通报情况、商会领导发言后，轮到我讲话。我除了简单地总结前段时间的工作，主要是号召大家把这次庆功会改为起诉美国商务部的誓师会，争取使这一案件有一个更好的结果。

2000 年 7 月 25 日，我们九家上诉企业正式针对美国商务部的不公正裁决向美国国际贸易法院提交了起诉状，要求判决美国商务部对终裁税率重新进行修正。

在此案的审理过程中，美国一直把我国当作非市场经济国家看待，在核定产品的成本时，不以我国的产品成本为准，而是找类似我国经济发展水平的第三国作为替代国考察其生产成本。在这个问题上，双方有很大的分歧，因替代国和替代价格的选取直接关系到官司的胜负，双方都据理力争。在原审时，我方企业主张采用苹果汁生产大国土耳其作为替代国，而美国则要求采用印度作为替代国，美国商务部最后采用印度作为替代国。因对方选择的企业使用的原料没有代表性，其参考价格过高，计算的成本也较高，因而直接导致了我方在美商务部一审裁决中失利。

而在接下来的第一次年度行政复审中，我们发现选择印度有代表性的另外一个企业对我方非常有利。这时美方又提出替代国改为生产成本远远高于我国的波兰。我们应诉企业，当即予以抗议，并坚持将印度作为第三方替代国，最终我方律师说服美国商务部接受了我方的意见。

我方代理律师以确凿的证据找到了对中方有利的印度榨汁苹果替代价格，比起诉方寻找的替代价格低48%，并出具了非常重要的证据。美国商务部不得不接受了中方的这一替代价格，这对我方的复审起到了决定性的作用。根据事实，美国国际贸易法院于2002年6月19日做出裁决，支持中国浓缩苹果汁上诉企业的5个主要辩点，认为美国商务部的裁决缺乏充分的法律依据，驳回其裁决中的5条关键裁决，要求美国商务部对原审裁决重新进行修正。同年11月7日，美国商务部公布了对原审的重审结果，继安得利获“零税率”外，我方9家应诉企业中又有国投中鲁、烟台源通等五家企业获得“零税率”，使获得零税率的企业由原审的1家增加到6家。

面对10家企业6家得到零税率，我们满不满足？

上诉初裁除零税率外，剩下4家的加权平均税率却由先前认定的14.88%提高到28.33%，未应诉企业仍为51.74%。按照美国反倾销法，零税率不参加加权平均计算，而当6家被核查企业全部为零税率时，美国商务部没有可以用于计算加权平均税率的基础，因此，美国商务部只简单地依据未应诉企业的全国统一税率做出这样的裁决。我方企业针对美国商务部这种没有法律依据的裁决方式，向美国国际贸易法院进一步提起抗辩。

2003 年 3 月 21 日，美国国际贸易法院再次下发了表决意见。意见中，美法院确认了美国商务部 2002 年 11 月对我国国投中鲁、烟台源通等 6 家浓缩苹果汁上诉企业“零税率”的再次核算，同时终于确定了 4 家企业加权平均税率为 3.83%，未应诉企业的税率仍维持 51.74% 不变。

11 月 20 日，美国国际贸易法院做出终审判决：最终确认了 3 月份的裁决结果，至此我们获得了最终的胜利！

此次反倾销应诉的 10 家果汁企业，总产量占到了中国浓缩苹果汁总产量的 60% 以上，此案的胜诉也就是整个行业的获胜，是“民告官”的经典案例。

此案给我们带来了很多深刻的启示：

启示一：面对“洋官司”，我们必须团结一心，敢于应对。

在决定打这起浓缩苹果汁反倾销官司之初，我国 30 多家浓缩果汁生产企业，报名应诉的只有 15 家，最后真正应诉的只有 10 家。为什么其他企业不应诉呢？我认为：现在国内企业打洋官司有‘三怕’，一是怕输，中国的官司都不好打，打洋官司输了怎么办？二是怕难，在不懂国际贸易法规的情况下，要学习很多规则、法律程序，还要请美国律师，困难有很多。三是怕痛，打国际官司，请美国最好的律师，需要花巨额的律师费。正是这“三怕”导致了不应诉的果汁企业被迫接受最终 51.74% 的高税率的苦果。

面对国际贸易纠纷以及越来越多的反倾销诉讼，我们的企业一定要解决心态不良的问题，千万不能存在侥幸心理和逃避思想。实践证明，唯一能够拯救我们的只有自己，我们要敢于面对，团结起来，齐心协力地奋起应诉，以法律的手段保护自己的合法权益，否则，只能接受沉痛的惨败。

启示二：要切实加强行业自律，充分发挥行业协会的中坚作用。

反倾销案子涉及的问题有很多，反倾销调查的原因也很复杂，综观浓缩苹果汁反倾销这个案子，可以说，与国内有些企业缺乏大局观念，无序竞争、低价出口有着重要的关系。1995 年以后，我国浓缩苹果汁加工业发展迅猛，从 1999 年的 18 万吨到 2004 年的 80 万吨，5 年间增长了 444%，国内不少企业为了争夺出口市场，竞相压价。许多企业认为，现在是市场经济了，企业出口卖多少钱是自己的事情。国内企业之间无序竞争，在国际市场上，“中国人自己打自己，外国人联手打我们”，打到一定程度再实施反倾销，反手再打我们。苹果汁反倾销一案就恰恰说明了这一点。

行业协会成立后，每季度或每半年召开一次会员大会，制定销售最低限价，聘请会计师事务所定期对出口美国的企业进行尽职调查，对违规企业按规定进行通报批评、罚款。每年举办一次中国果汁大会，吸引全球果汁买家参加大会，定期组织行业活动，再加上对美应诉和反诉的案例，使行业得以健康发展。

2004年出口浓缩果汁80万吨，加工苹果500万吨以上，不仅解决了农民卖果难的问题，当年实现果品收入40亿人民币。从1999年到2006年，全行业盈利不断提高，先后有四个企业成功上市，大家充分看到了只有行业健康发展，企业才能发展得更好的可喜局面。

启示三：得到的总比失去的多。

这起反倾销官司，从应诉到上诉再到胜诉，前后历经四年，律师费就花了近3000万元人民币。打这场官司到底值不值？我给大家算两笔账：2003年8月到2004年8月，中国出口美国的果汁达到15万吨（按合同签章计算），取消税率后，每吨比欧洲的果汁平均高出100美元，共高出1500万美元，折合人民币1.24亿元。第二笔账是美国市场扩大以后，整个全球市场跟着好起来，价格也逐步提高，欧洲的价格之所以比两年前每吨增加了80美元，重要原因就是美国市场扩大后，我们不再依赖于欧洲市场。由于中国苹果汁在全球贸易中销量增大、价格提高，原料价格也大幅增加，当年全行业仅苹果原料大幅提价一项，每吨比上年上涨按最低120元计算，就可以使农民增收22亿元。

另外，按照美国法律的要求：五年内不能再次提出反倾销。我们这个行业就获得了更好的国际发展空间，为整个行业的健康发展打下了很好的基础。

此案件已过去十几年，我本想让它尘封起来，但现在我们要搞全球化，美国反对；过去美国搞全球化，也限制我们参加，我便想把这一案例的始末再一次公开，希望对中国企业，特别是以农产品加工为主的企业有所帮助。

第七辑

谈酒茶　话兄弟

酒与茶中有心态

日常生活中，绝大多数人都离不开酒与茶，特别是男人。有的人不可一日无酒，有的人不可一日无茶。随着社会的发展，酒与茶是量增价高，像兄弟似的经常出现在我们的日常生活中。

中华的酒祖，是夏王的儿子杜康。据传，被贬为粮食保管时，他看到粮食发酵后流出酒精，因而受到启发。梦中，又有一道士告知他明天酉时在村西树下从三个人身上各取一滴血加入酒精中，美酒便可大功告成。

次日酉时，也就是下午五点到七点，他来到树下。先来了一位秀才，他说明原委后，秀才给了一滴血。很快，又来了一位得胜归来的武士，也给了一滴血。等了好久不见人来，却发现不远处睡着一个经常看到的疯子，杜康就取了他的一滴血。

美酒酿制成功后送给夏王品尝，受到夏王连连称赞，之后，杜康便继承了王位。因为在酉时取得三滴血，“酒”字也由此产生。

中国人的发明创造在历史的发展中都有了很大的改革和创新，但酒和茶的制作和用法一直保留至今，且喜欢喝酒和品茶的人越来越多。全国最能喝白酒的省份中，山东多年排名第一。在山东，威海、烟台人喝酒当数第一。我生在威海，因早年还算得志，有机会到领导、朋友家中喝酒喝了不下百次。作为回敬，我家设宴请客也不下百人次（那个年代不允许公款吃喝）。三十五岁时，我当上企业一把手，参加酒会、饭局有近万次。我不胜酒力，也不喜欢劝酒，因而可以比较清醒地观察酒会上各个席位的人在各个阶段的表现。

秀才阶段。酒会的主人要根据客人的身份选择酒店。主陪要根据客人的地位、年龄等安排入座。职位、辈分或年龄高的为一席，依此顺排。客人入座后，主陪便进入角色，要像开大会致开幕词一样致欢迎词。欢迎词既要得体又要有高度，以保证第一时间把一席的情绪调动起来。一席高兴了，第一杯酒就可满上。

在改革开放初期，威海人在酒会上就换掉了小杯，直接用国外三两三的红酒杯作为白酒杯。主陪敬完，副陪紧随其后，三两三的杯子又是一杯。两杯下肚，鱼差不多也上来了。在威海，乳山的鱼难吃，难吃到全国有名。这时，谁也不能讲话，只待主陪重新开瓶酒给客人把酒满上。酒满上后，主陪发表演讲，其热烈而精彩的演讲不仅让人高兴，而且盘中的鱼好像也要高兴得跳起来。这时，鱼肚要朝向一席，大家一饮而尽。主陪敬完，副陪要紧紧跟上，给大家再敬一杯，大家喝完副陪敬的这杯酒方可吃鱼。吃了鱼之后，一席便开始讲话。一席是酒会的核心，讲什么，怎么讲，大家都在洗耳恭听。一席一干杯，在场的人二话不讲一饮而尽，把酒会推向了高潮。

武士阶段：酒过三巡，没敬酒的人为了表示自己不是虚位，便一一敬酒。酒是武士的魂，在这种场合，舍我其谁？所以别人宁可少喝点，自己也要满上，“酒逢知己千杯少”“感情深一口闷”“人生几何，对酒当歌”……那真是抛山弃佛、水漫金山，赤手空拳也能劈猛虎。

疯子阶段：秀才、武士阶段基本都是面上喝。面上喝完后，便开始个人之间的互动。你敬我一杯，我回敬你一杯。对方喝不下，自己替对方喝。更有甚者，给每个人敬一杯，称之为打一圈。这样下来，有的被抬走了，有的去医院了，有的找不到家了。

按照以上礼数喝酒，如果不推杯的话，“秀才阶段”就可喝一斤半，“武士阶段”再加一斤左右，“疯子阶段”就更多了。粗略计算，能喝三斤酒的人也照醉不误。

初灯夜影，人们乐此不疲地奔赴大小饭店。据我观察，原因有三。一是酒场就是考场。人生很多时候就像赶考一样，酒场的条件最好，有好吃的，又有好喝的。一旦被对方认可，那升官、发财可成也。二是酒场就是战场。参加一次酒会，能否成为官场的圈内人物，事业能否再展宏图，想办的事是否能办，能否遇到前进路上的贵人或知己……好多答案都是在喝酒中得到的，所以，喝醉、流泪，乃至流血，都不算什么事。三是酒场就是情场。人人都需要有自己的圈子，小经理、小老板的事业刚起步，且年富力强，今天你请我，明天我再找个理由请你，有点像盅换盅；大老板的事业稳定，朋友间定期交流，目的是以脑换脑；当官的换届时交流得多，目的是以位换位。

说完酒，再说说茶。据记载，茶出现的时间与酒差不多。夏朝时，茶主要以药用为主，“神农尝百草，一日遇七十二毒，得茶能解之”。《茶经》载，茶茗久服，令人有力、悦志。到了唐代，中国茶文化已基本形成，人们开始大面积种植、加工茶叶，进行茶事活动，并总结出一套与茶有关的理论，如茶道、茶礼、茶文化，这些理论与中国的儒、释、道家哲学思想紧密结合。陆羽的《茶经》分上、中、下三卷，对茶文化进行了全面的总结和论述。人们把他尊为茶祖、茶圣、茶神。陆羽出现之前，茶写作“荼”，陆羽的《茶经》问世后，荼才改为茶，意思是人行走于草木之间，要同大自然和谐相处。

我喜欢喝茶，五年前在离家不远的地方开了个茶社。因茶社地处海与河的交叉口，因此取名“海泊轩”。茶社一开始就以非营利为目的，因此来茶社的人多数是熟客、老友。我们喝茶有个习惯，论国事、天下事，很少谈论家事；论人的优点、特点，不论人的缺点；以知足的心态看待过去，以积极的心态看待今后；以平和的心态看待人和事；以自信的心态看以后的发展。

时间久了，我感到茶社起到了“养心、养身、养德、养神”的作用。养心，就是凡事要多换角度去看，只要心态好了，养生就成功了一半以上。养身，第一件事就是多喝茶，其他保健项目都排在喝茶之后。养德，是维持人生健康和影响后人的唯一附加项。德行天下，因果报应，喝茶的人都懂得。养神，就是提振我们对未来生活的信心。中国走向世界，世界走向中国，每天发生的重大的政治、经济、文化、科技事件，给我们的精神生活注入了兴奋剂。我一手经办的企业在中国A股市场走了一圈，自己也在官场走了一圈，五十岁辞职后又在民营企业走了一圈。尽管圈圈都走得还不错，但茶社的朋友圈是我最终想要的，就像人们说的“袋里有钱，手中有书，杯中有茶”。

酒和茶是两兄弟且年龄相近。酒三十岁时从不爱带着弟弟玩，他认为：“我用大碗喝酒，你用小杯品茶，我们不在一个层次。”茶看到酒如此迷恋酒色，放心不下，就对酒说：“万丈红尘三杯酒，千秋大业一壶茶。”酒不以为然，说：“人生得意须尽欢，莫使金樽空对月。”在四十岁时，哥俩关系开始好转，酒“为名忙，为利忙，忙里偷闲，且喝杯茶去”。茶见酒开始接受自己了，便“劳心苦，劳力苦，苦中作乐，快拿壶酒来”。五十岁时，两人关系更好，常常一起出入酒会、茶社，有点“得与天下同其乐，不可一日无此君”的情怀。哥俩饮酒酒香，饮茶茶香。六十岁时，酒开始更多地赞美茶了：“若能杯水如名淡，应信春茶比酒浓。”茶说：“酒可宁心少饮有益，茶可醒脑多喝无妨。”有点儿弟弟要带着哥哥玩的味道。七十岁时，哥俩回忆人生，一路走来，觉得此生谁也离不开谁，“酒海成仙路，得道驭茶风，心中有雅境，凡尘无一物”。从此，哥俩也开了个茶社，便过上了“偷得浮生半日闲，只为爱好不为钱，双手炒出千年香，单杯泡出万年甜”的生活。

有人说“人生像一杯酒”，也有人说“人生像一杯茶”。像酒也好，像茶也罢，说的都是人生苦短，个中滋味尽在其中。我们为活在当下、每天有酒有茶点赞吧！

互联互通

“互联互通”好像成了中国搞“一带一路”的专用词语。我想借用一下，来说说两个朋友间的互联互通。

我认识的这两个朋友，一位是李校长，一位是李经理。他俩都已过了花甲之年，但两人认识交往的时间就将近六十年。六岁开始，两人就在一个炕上睡，在一个学校读书，读高中时还被分在一个班。一直到高中毕业，两人才各奔东西。李校长在村里教书，李经理在县城工作。他们运气都还不错，李校长四十岁时当上了校长，李经理三十五岁时成为企业的一把手。两人一直保持着较为密切的关系。

李校长当初是民办老师，家属在农村，因家庭经济条件有限，故只能靠自己的双手盖房成家。好在他三十六岁时由民办老师转为公办老师，这是他人生的第一大幸事。不久，他又在邻村当上了小学校长，这是他人生的第二大幸事。

五十多岁时，因教龄满三十年可以提前带薪退休，他于是办了提前退休，每月工资有五千多元，相当于两个工人的退休工资，这是他人生的第三大幸事。

退休后，他在家种地。除了自家五亩地，朋友还给了他几亩地，自己又开了几亩荒地，总共有九亩多地。在村里，他家算土地比较多的人家了。他家属身体不好，儿子在外地发展，因此，地里的农活一年四季全靠他一个人干。不仅如此，农闲时，他还经常出村给人帮小工，一天挣八十不嫌少，挣一百不嫌多。见“校长老师”回村这么拼命地干，不少人对他家属讲：“你家男人真行，一个能顶俺家仨。”但更多人嘴上不说，心里却不理解，认为他这样太辛苦。

最近这十多年，互联网发展很快，人们的生活变化很大。邻居家有的买了电脑，有的用上了智能手机。家属叫他买个电脑，他说：“没用。”儿子要给他买个智能手机，他也不要。他自认为，退休回到村里，就要像老农民那样，免得人家说三道四。他对新生事物的抵触排斥情绪很重。

2017 年 7 月初，我们三个人要一起到长岛去看一位四十多年没见面的初中班主任老师。李校长认为往返都有车接车送，就没有带身份证。现在出门没有身份证，麻烦事可不少。坐船要身份证，住宿要身份证，每个旅游景点买票也要身份证。一天下来，需出示身份证十次以上。没办法，他只能跑去派出所办临时身份证，不仅搞得他自己上火，别人也跟着着急。

我们的初中班主任老师已七十多岁，他吹、拉、弹、唱样样会，电脑、QQ、微信样样玩得精通。他建的音乐相册，也很专业。看了以后，我们都很高兴。

晚上回到酒店，我们便坐下来喝茶，交流彼此的感受。李校长盛赞自己的老师懂生活。这时，李经理接过话来讲：“李校长，我俩近六十年没争过，没吵过，就是儿时我俩也没有疯闹过。今天我的话可能说得重些，请您不要生气。”

我一看这架势，就像要开传说中的“民主生活会”一样。我怕不便于是准备起身离去。李经理马上说：“不用，我们共同讨论，无妨。”他接着说：“李校长，你今天忘带身份证，这没有什么，谁都有忘事的时候。忘带身份证不可怕，可怕的是忘了自己的身份。第一，你是老师，为人师表，我的理解是老师要在人品、学习方面成为别人的表率。你人品没问题，我们都知道，但在学习这方面，问题就大了。现在这个社会，你电脑没有，智能手机不要，今天照的相片要经过四个人的接力才能传递给你家属。这能对得住有三十年教龄的‘老师’这个称号吗？第二，你是学校领导，什么是领导？‘领’就是把跟着你干的人领上一条正确的路，‘导’就是充分发挥自己的能力，成为别人的加速器、催化剂，使跟着你干的人在正确的路上走得更快、更好。你尽管现在退休了，但传道授业解惑的传统不能丢，不断学习的精神不能退。村里人都称你为‘校长老师’，前几年百分之百是尊敬的意思，这几年我听着有点变味了。现在为什么人人都带着智能手机，因为有了智能手机，身上可以不带现金了，买东西不用出门了，大部分问题不用问人了，缴费不用亲自跑了，好消息坏消息每天都能看到了，世界离你不再遥远，社会与你很近了……你可好，每月领工资还要跑十里地，当我们老了跑不动，怎么办？”

我听着尽管句句在理，但后背还是有些发凉。此时，李校长也低着头，大气不出一口。

接着，李经理又讲："为了向我们的班主任老师学习，我对你讲三条：一是尽快减少土地。二是不准再出村帮小工。你腰不好，我们不能因身体原因而不能在一起喝酒品茶。三是争取二十天之内用上智能手机，先学会用微信。第一个微信是你儿子的，第二个就是我的，你看这三点怎样?"

李校长当即表态："我最应该向初中班主任老师学习，土地今年年底要控制在五亩之内，明年更少一些，出村帮小工坚决不干了，微信尽快学。"

我们回来的第二天，李经理就给李校长的儿子打了电话，加了微信，先讲了三点要求，然后说："一定帮助你爸做到，老人学会用智能手机百分之九十都是儿女教的，你爸不会，儿子有责任。"

他打完电话，用微信转了购买智能手机的钱，并加注了条件：二十天以内，你爸学不会智能手机，不仅手机钱退回，还要加罚一倍。

第二天，李校长的儿子就买了智能手机，教他爸使用智能手机。第五天，李校长的微信就来了。此后，他们每天互发微信，每周都打视频电话，做到了互联互通。

李校长也加了我的微信，跟我说起李经理帮他做了很多事。

我把李校长念叨李经理帮他的话转达给李经理，没想到李经理却说："这六十年，我只帮了他这一次，目的是别让他累坏身子，别忘了学习，能与时俱进，这也是我最关心的事。至于其他的事，我也帮不上。"

通完电话，我想了很多。我的朋友也不少，像他俩这样的一个没有。我们坐在一起，除了吃吃喝喝，就是你夸我，我夸你。最好的朋友，也就是过年过节时礼尚往来而已。像这种一方担心朋友思想落伍而在社会发展中掉队，另一方能够欣然接受劝告的，实在是难能可贵。

我想，解决人和人之间的互联互通，都这样费尽周章，我们中国通过“丝绸之路”同六十多个国家搞互联互通有多么不容易呀！

在此，为“一带一路”的倡导者和建设者们点赞！

第八辑

谈当下 话快乐

知足当下

日出东方，日落西山，
人生百年，沧海桑田。
回想过往，如爬高山，
举步维艰，终登巅峰。
花甲之后，崭新起点，
站在高处，一览众山，
美景如画，浮想联翩。
人生一世，虽说百年，
细想一下，无非三天：
昨天已过，喜迎今天，
把握今天，展望明天。

昨天
挥手昨天，满腹辛酸，
筚路蓝缕，何其艰难！
一半苦学，一半苦干，
鲲鹏之志，翱翔蓝天。
家有四代，肩挑一担，
酸辣苦咸，只能说甜。
冲坎闯关，泪水肚咽，

你若倒下，全家犯难。
几经拼搏，胜有今天，
人生不易，相互点赞。
回首山下，众人一片，
扶老携小，更为艰险。
有的累倒，有的住院，
有的争名，有的夺权，
江湖拼打，寝食难安。
再看历史，几多凶险，
历代帝王，个个好汉，
不到六十，命归黄泉。
革命英烈，千千万万，
为我中华，捐躯奉献。
而今你我，功德圆满，
光荣退休，现要中转。
不再打卡，无须刷脸，
工薪医疗，样样保险。
感谢先祖，感恩苍天，
再不知足，老天不算。

今天

春花秋雨，举国欢颜，
夏荷冬梅，国泰民安。
一带一路，气度非凡，
科技发展，领航向前。
跳出三界，五行外边，

家国之事，不用咱管。
名利双收，一切淡然，
身心双修，一概欣然。
不为名来，气定神闲，
不为利往，淡茶一盏。
咱们身体，失修多年，
大小毛病，均已出现。
善待自己，切切为盼，
身心健康，最是关键。
你我当下，不扯咸蛋，
寻找快乐，比金值钱。
但有同伴，把账算反，
想东想西，彷徨不前。
追名逐利，纠结财权，
又争又拼，永远没完。
人活世上，高人有言，
精要三分，傻也三分，
留下三分，后代保全，
你要都占，子孙咋办？
三千繁华，弹指挥间，
百年之后，黄沙一碗。
你我别傻，知足当前，
放开双眼，登高望远，
迈开双腿，游山玩水，
敞开心扉，天高云淡，
简单快乐，化繁为简。

人生入世，不由咱管，
人生离世，咱说不算，
唯有今天，大权独揽，
把权用好，不负苍天。
品茶悟道，古今论谈，
大道至简，道在身边。

明天
科技神速，捷报频传，
应接不暇，恍如隔年。
咱想不到，都会出现，
我辈梦想，都能实现。
东方巨龙，盛景空前，
中华崛起，将成必然。
人活百岁，不是空谈，
基因第一，天道固然，
心态第二，咱需自练。
你我目标，安全下山，
上山之路，不能回转。
下山之路，较为平坦，
没有人挤，也没坎关。
沿途高人，指点迷津，
要拿得起，儒家毅然，
需想得开，道家豁然，
能放得下，佛家释然，
三位圣贤，醒世良言。

心念一转，万念皆转，
心路一通，万路畅通。
天道轮回，因果互转，
厚德载物，忠孝两全。

以上内容，有点分散，
细想一下，两句重点。
人生一世，如爬高山，
百岁人生，无非三天。
只要懂得，放下昨天，
想开今天，拿起明天，
生活才会，其乐无边。
随性而往，随遇而安，
生活过的，胜似神仙。
快乐密码，现在手中，
咱们携手，共同向前。
百岁路上，你我常见！

放下就快乐

“快乐”两个字，我们每个人都非常熟悉，从一周岁时的《生日快乐歌》开始，我们幼小的心灵里就种下了快乐的种子。从此，我们倾其一生努力地去寻找，希望自己能快乐地成长，快乐地奋斗，快乐地生活到老……

台湾大学教授曾仕强讲：人来到这个世界上到底为了什么？其实就两个字——“好死”。此话确实刺耳生硬，很不中听，但细想一下，他说的“好死”，其实就是人能快乐地离开这个世界。试想，一个人若能坦然平静、和颜悦色地离开这个世界，那他活着的时候，肯定是非常快乐的。我由此想到社会上骂人最狠的一句话“让他不得好死”，这样想来，民间的说法竟然同曾教授的说法呼应了起来。

过去我对快乐也没多想，自认为快乐与不快乐每天都会发生，有什么好说的。但近年来，我越来越觉得，对年轻年老的、钱多钱少的、官大官小的来说，这两个字都应引起足够的重视。有人说要想找到更多的真正的快乐需要大智慧、大视野，否则，即使快乐在你身边，在你眼前，你也不一定能抓住它。

最近，山东省对全省百岁以上的老人做了个调查，其结果是长寿的秘诀有千百种，但知足常乐是共同的特点。

美国对两百名修女进行了一个调查，修女们每天吃的、住的、追求的都一样，但有的活了五六十岁，有的活到百岁，最后查看她们的日记后发现，凡是日记里经常出现知足常乐、幸福字眼的人都是长寿者。也有调查证明，人长寿第一源于遗传，这个我们无从选择，第二就是知足快乐。

以上资料足以让我们坚信，“快乐”两个字确实比黄金值钱。但要找到快乐很容易，既不用投资，也不用高学历，且不占用资源，不污染环境，不用设任何前提条件。你得到再多的快乐，也不会得罪人，更谈不上缴税和被人偷走。不仅如此，你得到的快乐越多，给社会、家庭带来的正能量就越多，大家会因你的快乐而获得快乐。

半年前我就想写这篇关于“快乐”的文章，并告知朋友。几次提笔最后都放下了，但 2019 年马上到了，我们退休之人“明日复明日”可以理解，但不能今年复明年呀，所以近几天我抓紧时间把它写了出来，我们共勉吧！

为了完成这篇文章，今年三月份我委托青岛农业大学的学生搞了一次社会调查，调查问卷主要包括“快乐、不快乐、不快乐的原因”三项，向 30 岁以内、30 岁到 60 岁、60 岁以上的人各发放 1000 份问卷，得到的结果如下：

年龄段	快乐	不快乐	不快乐的主要原因
30 岁以内	55%	45%	单亲、留守儿童、学前班、辅导班
30 至 60 岁	25%	75%	经济压力、创业、无信仰
60 岁以上	52%	48%	身体、代沟

以上调查的三个人群，总分是 300 分，不快乐者得分

为158分，快乐者得分为142分，不快乐的人得分比快乐的人多16分。

这个结果有点出乎我的意料，一是快乐的人应多于不快乐的人，二是三十岁以内快乐的人应该更多。但详细分析一下不快乐的原因之后，我也相信了这份调查问卷的可信度。

在以上调查中，我们把快乐分为三个阶段：

青少年时快乐很简单。这个阶段为三十岁以前，是长身体、学知识的阶段，不论是物质还是精神方面的快乐要求不高也比较简单。其特点为，快乐在身边，在眼前，但快乐的周期短。儿时得到一个想要的玩具，读书时有一款喜欢的手机，听到家长和老师的一次鼓励和表扬都能高兴好一阵子。总体上看，通过物质获得的快乐大于通过精神获得的快乐。

我们认为，现在的孩子个个都是“皇上”，物质条件很容易得到满足，家里五六个老人把爱都给了他，绝大多数的孩子应该很快乐才对，但为什么还有接近一半的孩子不快乐呢？究其原因，一是“不能让孩子输在起跑线上”这句话的引导。十几年前，社会上就开始流行胎教，孩子刚会说话，就开始背唐诗宋词、《三字经》《百家姓》，两三岁开始学唱歌、跳舞、主持、钢琴、绘画和各种体育项目。不管孩子喜不喜欢都要先上辅导班，每天都有课，三五个半天是少的，有的孩子连星期天都要上辅导班。大人还有周末、节假日可以休息，孩子为什么比大人还忙？这样的孩子究竟是赢在起跑线上，还是输在起跑线上，我们暂且不论，但减少了快乐，磨灭了童心，影响了孩子的想象力和创造力是肯定的。

二是单亲的孩子多。我们那个年代，不要说一个班没有一个单亲的，就是一个学校也没听说有几个孩子是单亲的。现在初中以下的孩子，有的班三分之一以上来自单亲家庭。一个人的成长如果缺少了母爱或父爱将受到深刻的影响。英国铁娘子撒切尔夫人，为了自己的“铁”而离了婚，对自己的一儿一女基本不关心，死前唯一的愿望就是能见到儿女，但这个人世间最基本的愿望，她的儿女都不满足。他们的理由是：“你年轻时忙得不管我们，我们现在也很忙，没时间管你。”可见这一儿一女的心理阴影有多大。

三是留守儿童多。父母为了养家糊口进城打工，孩子一两岁就留给老人照顾。一年回家一两次，每次离家孩子都有生死离别的感觉。这样的折磨，幼小的心灵如何承受得起？快乐从何而来？

中年时的快乐更少。这个阶段为三十岁到六十岁，也就是实现梦想和理想的阶段，其特点是快乐在奋斗的路上，在前方，周期比较长。处于这个阶段的人，首先是追求物质快乐，通过个人奋斗的过程和结果获得精神上的快乐，精神上的快乐又激励和鼓舞自己获得更多的物质快乐。每个阶段目标的完成都是物质快乐和精神快乐相互作用的结果，从而不断提高快乐的质量。

我们认为，这一代人，成长时没有挨过饿，也没有经历过各类政治运动，踏上社会开始个人奋斗时，正逢中国改革开放。四十年来我国的经济总量上千倍地增长，个人财富有很大的变化，有一亿左右的人已达到发达国家的生活水平，多数人有车有房衣食无忧。那为什么快乐的人只有百分之二十五呢？究其原因，一是草根族被房子、车子、孩子“三座大山”压得喘不过气来。晚上一想到房贷、车贷和养孩子的费用，他们恨不得晚睡早起多挣钱，有很多人甚至企图买彩票中大奖一夜暴富。

资料表明，三十到三十五岁这个人群，人均贷款12万人民币。什么信仰、理想、国家大事，对他们来说都不是个事，基本也顾不上。创业一族更是艰难，不创业吧，翻不了身；创业吧，一旦不慎，一夜回到解放前。当下社会，无数潜规则、过高的税费，让创业者身心疲惫。打工艰难，当老板也不易。二是有些人欲望太高。万达董事长王健林讲“先定一个能达到的小目标，比方说我先挣它一个亿”；有一个倒台的贪官讲“我活着要进中南海，死了要进八宝山”。这样的事例，尽管听起来好像是极少数，但有了百万想千万，当了处长想当厅长的大有人在。欲壑难填，心中就失去了快乐。三是缺失信仰。我们这一辈信仰共产党，为了党，什么个人名利、个人安危，全然不顾，一切向前看。现在五十岁以下的人，问他们信仰共产党吗？信仰社会主义吗？他们会一笑了之。

老年时的快乐简单。这个阶段主要是在六十岁以上，也就是退休之后开始享受人生的阶段。他们告别了人生成长阶段为文凭奋斗，中年为名利奋斗的艰难岁月，经过多年的打拼，该有的都有了，没有的也就没有了，很多人的物质生活都超过了预期。他们的快乐特点是，精神快乐是主要的，物质快乐是次要的，快乐已注入脑海、留在了心田。

这一代人可以说看到了中国翻天覆地的变化，很多人都享受到了改革开放的成果。特别是现在，儿女已成家，晚辈已上学，经济上有保证，人身得到了解放。虽说这一代人曾是历史上最辛苦的一代，但到现在也是最幸福的一代。为什么快乐的人刚过一半，有近一半的人不快乐呢？原因也有三个。一是对社会一些不正之风感到不满，他们的思想成长在毛泽东时代，信仰共产党崇拜毛泽东，他们把为人民服务、学雷锋做好事、一切向前看作为人生的价值观。尽管过去物质生活匮乏，但山清水秀，风清气正。中国经历了四十年的改革开放，不少人认为，现在的腐败、贫富差距、医疗、教育、司法等方面的问题会影响党的生存和国家的安定。现在六十岁以上的人，经常碰到这样的情况，今天到医院看望病重的同学，明天到火葬场去送别昔日的战友，时不时听到谁又病重了，医生说最多活三个月，谁又走了。再想一想自己也不是铁板，难免对死亡有些恐惧。三是同儿女的代沟深。现在的孩子思想观念、处事方法同我们有代沟可以理解，但他们太现实，太趋利，太自私，我们则难以接受。中华民族留下的传统文化、为人处世的原则和做人的底线，在他们看来，已成过往的笑话。我们担心这样下去一代又一代人的价值观会变得低级。

生活中，很多人钱不多但够用，条件好的人衣食无忧，整天喝着小酒，哼着小调，跳着舞，心情特别舒畅。他们每天有小乐，每年有中乐，逐年累加，铸成了人生的大乐。这种大乐，占据了脑海，烙在心田。

我近几年曾多次同家人讲：“你们得感谢我，一不是大官，二不是大款，三不是大腕。如果我是其中之一，将打破我们现在安静、祥和的生活。”

知足才快乐。前几天看到一条微信，把全世界70亿人缩为100个人，其中23人没有居住的地方，48人每天生活费不足10元人民币，7人上过大学，93人没上过大学，30人没有微信，26人活不到14岁，66人死于15—64岁，只有8人超过66岁。如果你现在已上过大学、能上微信、衣食无忧、现在已接近66岁或者超过66岁，恭喜你，你已是百里挑一了；如果66岁的你，目前身体尚好，有信心向百岁的路上迈进，那就是万里挑一了！所以我们都应该知足。

通过千人问卷调查，我们也可以把人生作为一个战略来考虑：

青少年时期为学习阶段，是人生的战略准备阶段。

中年是人生的奋斗阶段，是人生的战略进攻阶段。

老年是人生的享受阶段，是人生的战略转移阶段。

对于我们这些处在战略转移阶段的人来讲，我们今后的主要任务不是拿什么文凭，争什么名利，而是学会适应新的生活。

以上我讲了那么多，不敌一个字，这个字就是放下的“放”。这个字将成为我们人生新的制高点，谁登上这个制高点，谁就是人生真正的赢家。

我认为这个“放”字内含九放：

有一种养心叫放下；

有一种心态叫放宽；

有一种明智叫放手；

有一种表达叫放声；

有一种快乐叫放达；

有一种胸怀叫放开；

有一种处世叫放弃；

有一种观察叫放眼；

有一种自在叫放心。

如果我们做到这九放，那快乐就会伴我们到老！

为六十岁点赞

六十甲子，是中国人最早的发明，自商朝开始一直使用到现在。六十为一个周期，人们用这一概念审视人生、观察社会。文中所说的六十岁的人，是指1950年到1960年这十年间出生的一代人。如今，这部分人大多已退休，我也是其中之一。我们这一代人要为自己点赞。

为我们出生的年代点赞。我国建国以前的近代史，是中国人灾难深重、不堪回首的一段灾难史。自1840年鸦片战争开始，中国人就处在半封建、半殖民地社会。中日战争以来，山河破碎，生灵涂炭，到处血流成河、尸骨成堆，两千多万生命被夺走。中国是世界近代史上最苦难的一个国家。今天，我们看到的利比亚、伊拉克、叙利亚等国的人民的生活，就是中国人过去的生活。

经过十四年的抗日战争，三年的解放战争，1949年10月1日，中华人民共和国成立，在“中国人民从此站起来了”的欢呼声中，我们这一代人相继出生。尽管我们遇上了挨饿、上山下乡、下岗等问题，但这与战争的灾难不可相提并论。国有不平，我们基本生活无忧；世有不公，我们安全逍遥自由。我们虽历经磨难，却能劫后重生；虽有苦衷，却还对得起人生。我们的生活基本稳定，政治环境宽松，社会相对公平，人生也算是幸福的。

为我们成为一个好长辈点赞。我们这一代人的兄弟姐妹都很多，少则三五个，多则七八个。我们出生的那个年代，国家一穷二白，我们的生活是缺衣少食，再加上孩子多，我们在放养和散养中长大成人。我们结婚后，由于计划生育，多数家庭只有一个孩子。我们自己克勤克俭，把孩子视为“皇上”，有了好吃、好穿的先给孩子。为了让孩子学习好，一切都由着孩子。如果孩子考上大学，特别是名牌大学，那比自己升职加薪都高兴。孩子结婚时，倾其一生所有，帮他们举办婚礼、买房买车。这种大度，这种无私，这种不求回报的态度，在其他国家根本找不到。

儿女们结婚不久，又有了自己的孩子。我们又心甘情愿地当保姆。现在的条件好了，我们的生活有了很大的变化，但比起现在养孩子的变化，我们那点变化，真是不值一提。现在的孩子一日三餐吃什么，中间加什么，一岁、两岁、三岁各学什么就像教科书中规定的一样标准，我们每天就像个孙子似的，围着他转，跟着他跑。好不容易看到他要上学了，国家二胎政策放开了，我们又像战士上前线一样，一声令下，整装出发。为了下一代，我们吃苦受累不怕，受了委屈还能咽得下。

我去过很多国家，像我们这一代人这样管儿女的没有，像我们这代人这样管两代的更没有！我们做了这么多，儿女们不一定感恩，我们要为自己点赞！因此，我们有了一个叫得响的品牌叫“中国爹娘”。

为我们的身心尚且健康点赞。一路走来，我们不经意间就过了六十岁。现在回头看一看我们曾经的战友、同学、同事，有的因病走了，有的因交通事故走了，有的好不容易当上官却被关进去了。

最近我去长岛探望四十多年未见的初中班主任老师，他拿出我们七个初中升高中的男生的照片，有两个因病去世了，两个在农村日夜操劳，为五斗米折腰。我们那个班能上高中的仅占百分之十，多数人还在生他的那块土地上为生活而奔波。我们现在退休了，在过去的岁月里，我们该拼的拼了，该搏的搏了。现在，儿女成家立业了，下一代由我们一手带大了，我们尚有一个不错的身体，应该知足，也应该高兴。以上说的是我们的“身”，那我们的“心”怎么样呢？这是更值得回忆的一个过程。

目前社会上很多人都忙于买房子、买车子、挣票子、换位子，不像我们这一代人那么关心党的政策和方针，因此，我们要为自己可贵的精神点赞！

四为中国走向世界点赞。二十世纪七八十年代，我们这批人正是热血青年。四十年如一日，弹指一挥间，我们由青年变成了老年人。因此，我们这一代人对改革开放最有发言权。

经过四十多年的努力，我们中国的国内生产总值2017年达到12万亿美元，占世界经济的15%，排名第二，是日本的近三倍。我们的购买力为全球第一，比头号发达美国略高一点。另外，全球贸易额、外汇储备、财政收入、居民存款等均为全球第一。现在全世界都在关注中国的国内生产总值何时超过美国。在中国走向世界的四十多年中，我们是主要的参与者和贡献者。这些辉煌的数字中，有我们的汗水和泪水，有我们的荣誉和自豪。

在中国取得巨大成就的同时，我们的生活也在发生巨大的变化，从一辆自行车就是一种荣耀到私家车变为平常的交通工具；从十几人住几十平方米的房子到一家三口住一百平方米的房子都不觉得大；从不认识飞机、高铁到坐飞机、乘高铁变为正常出行；从几代人未曾出过国到中国游客遍天下；从没有电灯、电话到智能手机进万家；从两分钱的菜不舍得吃，到买个世界名牌也不算什么……

我们的前辈为了中国的发展付出了几代人的努力，但他们没看到更别说享受到中国发展的成果。我们这一代人付出的不少，但享受的更多，对此，我还能不点赞吗？

为中国梦点赞。中国梦提出之时，很多人认为，这也就是个梦吧！经过这几年的党内反贪、经济的转型发展，很多人相信中国梦一定会梦想成真。现在距建党一百周年只有三年，建国一百周年还有三十一年，尽管我们这一代人不一定能看到，但中华民族的伟大复兴离我们并不遥远。我的自信源于以下三点：

首先是制度自信。在我们中国，为什么共产党可以在经济建设中集中精力干大事，因为我们的土地是国家的，在资本主义国家，土地是私有的。我们要干的事，基本政府说了算，在资本主义国家要公投。我们这些年基础设施变化很大，高速公路、机场、港口、高铁建设迅猛发展，把外国人整傻了。特别是高铁，中国目前的高铁总里程已超过两万公里，比世界其他国家的总里程还长。三十年前，美国的基础设施把中国人惊得问自己：我们中国何时能赶上美国？现在看到中国的基础设施，美国人要问：我们何时能赶上中国？

二是文化自信。中国具有五千年的文明史，道家、儒家、佛家文化共同生存，相互交融，不断丰富。“一带一路”倡议的实践就是中华文化的典范。帝国主义在世界上干事，带着推广价值观、搞霸权、结盟的目的搞地缘政治和经济。我们搞“一带一路”建设，互联互通，发展共赢。钱、人、技术、材料，我们中国不缺，且没有什么附加条件。“世人笑我太疯癫，我笑世人看不穿。”三年下来，不但沿线六十多个国家纷纷加入，连美国、日本也由先前的反对到不得不点赞！“一带一路”建成后，中华文明的传播，经贸的发展必将呈现全新的景象。

三是创新能力自信。中华人民共和国成立后，以美国为首的资本主义国家就对中国实行经济、技术、军事等方面的全面封锁，特别是 1989 年 6 月 12 号以后，在封锁的基础上又加上了经济制裁。西方人信基督教的多，凡事都祈求上帝保佑，我们中国人喜欢孙悟空“大闹天宫”，你对我越不公，我越要逆势而上。现在西方有的，我们基本都有，如航母、五代机、空间站，他们没有的，我们先有了。中国“墨子号”卫星的成功发射，意味着中国向量子通信技术迈出一大步，将形成自己的卫星通信体系，信号传输速度将比现在的通信体系快一千倍以上。最近，可燃冰规模开采成功，锂电池、超音速飞行器、微波光子雷达、太湖之光计算机等一大批亮相和没有亮相的新技术将改变目前的军事格局。

现在，世界进入了第四次工业革命，也就是信息化智能化时代。在前三次工业革命中，我们都严重落伍了。这次我们不仅不会落伍，还将成为参与者、领导者。

带着这些自信，中国梦就会在几十年后“梦想成真”。

我们这一代人是有福之人，我们的人生经历丰富程度超越了过往的几百年，生活品质远远超过了祖辈，我们是历史长河中再也见不到的一代。

在此，我建议，为我们的六十岁高呼一声：“六十岁万岁！”

附 录

一本彪炳乳山地域文化的书

——热情推荐李中柯的《冲坎闯关》

安家正

最近，我们中国的一个民营企业——华为公司，不仅成为中美两国角逐的焦点，也成为全世界共同关注的焦点。此事不仅引起中美贸易战不断升级，而且正逐步影响两国的经济、外交等诸多方面，全球股市都随着这一事件的变化，发生着很大的波动。

看到眼前这一幕，我想到多年以前认识的乳山人李中柯。他一个县属国有企业的小经理，十多年前，带领中国果汁企业同美国苹果汁协会打官司，居然赢了美国商务部。这是一个以前没有，以后也可能不会有的经典案例。这场官司用美国律师的话讲："美国商务部从来没有输得这样惨!"

这件事是上了中学课本的，当然吸引媒体的眼球。创造这一奇迹的李中柯，写了一本回忆录——《冲坎闯关》，十分难得。但凡识字的人，不读这本书都是个遗憾。毋庸讳言，现在是个"不读书的时代"，很多人宁可看低俗不堪的电视，也不读有点思想的书。那些“无灾无难到公卿”而致仕的高官，写回忆录蔚然成风。他们装潢精美的回忆录，多数在“不读不议”之列，我倒读了不少。所以，敢负责任（当然这“责任”只是一个“读书人”的“良心”）地说：“李中柯这本书不可与他们的相提并论。这本书‘说真话’，很另类。”我已年过八旬，难提“热情”，但还是要热情地向大家推荐这本书，因为它“彪炳着乳山的地域文化”！

认真做事，成就一番事业

先一字不差地摘抄一段原文：

启示三：要做出人生的正确选择

谋一官半职，富一方百姓；

干一番事业，有一生风采；

学一技之长，有一生价值。

这三个选择，多数人只能从中选其一，也有人能两者兼有，但三者都有的人，要么影响其中之一的充分发挥，要么很危险，官是你的，事业也是你的，别人就没法活了。希望当官的人，能想到“富一方百姓”，而不是先想着怎样富自己。“干一番事业，有一生风采”，这是很多人的选择，能当官的毕竟是少数，更多的人只能选择干事业。“学一技之长，有一生价值”，现在有一技之长的人很吃得开。中国不缺大学生、研究生，就缺有一技之长的人。在北京，贴瓷砖的一年挣个十万八万很容易。

多么骄人的语言风格！粑粑地瓜老实话，没有一个字的虚言假语，真给乳山人争气。他坦坦荡荡，坚持实话实说，何必瞻前顾后，生怕别人不愉快？

李中柯自称“我也没能免俗”：“我高中毕业第二年就担任村团支书记，进罐头厂半年多就担任团总支书记，领导800多名团员青年，也算是个年轻的小干部。我心中的大官不敢想，干到局长、党委书记就是我的目标。”

后来接触的人多了，眼界也渐渐地开阔了，脑子里那种根深蒂固的“当官的想法也开始动摇了。特别是与韩国朋友交往后，他们力劝我不要走官场，安心搞市场”。

他从想当官到不想当官，成为“中国果汁第一人”，他把一个亏损的县属国有企业变成一个中国A股的上市公司，他在担任果汁协会理事长时把行业团结起来共同对外，他能联合十家企业把美国商务部打败，把浓缩果汁由中国第一做到亚洲最大，再做到世界最大。

“官料子”说官场，行家里手，自然入木三分。更重要的是，他的经历与习总书记“要做事，不要做官”的教导惊人地契合。

李中柯怀有一种十分可贵的“文化自觉”。“官本位”是历史痼疾，成为一种“俗”——俗到少数中国共产党人都难以坚守初心。最近读了宋竹庭夫妇的回忆录，知道了胶州最早的共产党人是乳山人，他们投身革命的初心绝不是为了一官半职。可后来，这初心却被“异化”了，当年的团长，得了天下就当县长，即所谓的“县团级”，当年为了人民的美好生活可以抛头颅洒热血的“初心”与这种“动机追求”真是南辕北辙！习总书记的教导，正是强调“初心”的回归。

乳山的地域文化是“非官场文化”，历史上乳山出文人而不出官。“文革”期间，文人走上官场，乳山好像祖坟上突然冒出了青烟，接连出现了迟群、于会泳等官场中人，于会泳还贵为文化部（今文化和旅游部）部长。

李中柯也在践行乳山的地域文化，务实地投身于果汁事业，所以才敢于坦然面对官场的风险。“打虎扑蝇”令全民称快，挽救了我党和中国，但也有不妥之徒趁火打劫，举不起哨棒来，只乱挥拍。李中柯一身正气，敢于喝令“闭上你的臭嘴！”让主者下次派个“高人”来，以免查不出一分钱的问题来无法交代！真给乳山人“长脸”！身正不怕影子斜！权大压不过一个“理”字——彰显了乳山地域文化的风采，这就是乳山人的“地域性格”！

乳山地域文化的开放性——打赢美国商务部

中美贸易摩擦由来日久，早在2004年6月，李中柯就可以向全国人民汇报：“这次中国浓缩果汁苹果汁行业历时四载，面对美国反倾销案从应诉到反诉再到胜诉，对我们整个行业来讲，确实是一件令人振奋的大好事。这起‘民告官’的国际官司，不仅是农产品在应对反倾销方面最成功的一个典型案例，也是中国企业应诉美国反倾销历史上，中国企业首次就美国商务部的不公正裁决上诉到美国国际贸易法院并获胜的案例。”

全面评论这场“国际官司”那是大型文艺作品（长篇小说或者多集电视连续剧）的事。本文只能从地域文化的角度略述一二，因为这场官司发生在乳山，而且发生在改革开放的年代，而乳山的地域文化恰恰是开放的。

首先得强调它与红色文化的深刻联系。

说到这一点，人们很容易联想到的是“敢于斗争，敢于胜利”的教导。乳山是胶东抗日根据地的主要腹地，乳山人民从战争年代开始就用鲜血凝聚起了“下定决心，不怕牺牲”的斗争精神。事实也确实如此，当时美国已经联络了智利、巴西等消费大国，企图孤立中国。众所周知，在美国打官司需要耗费大量的时间和律师费用，因此我们常常不敢应诉而遭“单方裁决”。“有理走遍天下”，乳山人古老的“犟”，经过战争年代的提升，在新时代开花结果了。打！而且一定打到底，用亮剑精神“去争取胜利”——这一点好理解。

然而，乳山的地域文化是以“爱”为特色的，最近乳山文化界出现了两件大事——

一是大型舞剧《乳娘》进京演出，这出以胶东育儿所的历史为题材的戏，表现出来的乳山母亲具有感天地、泣鬼神的大爱、互爱精神，深深地教育了首都人民。

二是辛明路、郑华编写的《乳山民间文学》出版。民间文学从古代走来，在胶东的古代文化中影响广泛，是道家文化的“全真七子”。“全真七子”中只有王玉阳、刘处玄和丘处机不是牟平人。刘因一个全国最大的庙，丘因为皇帝的“敕封”而名声显赫，唯独王玉阳十分低调，但却坚守持久。比较一下乳山关于王玉阳的传说和栖霞关于丘处机的传说，就会发现前者更接地气，多的是凡人善举、爱的赞歌，后者多的是神仙异能、仙人礼拜。

两件事都彰显了乳山地域文化的特色——植根于人类

美好的情感——爱。这似乎与“官司”不搭界、不沾边。其实，这是因为很长一段时间的“全民无意识”，大家浸泡在“牢记阶级仇，不忘阶级苦”的一种“思维定势”中，误以为那就是文化的唯一属性。其实，这是不符合马克思主义的一种偏见。马克思说，爱和恨是辩证的，爱是早于恨产生的情感本源，是“校正”偏见的精神力量。李中柯与不守信用的美国商务部打官司正是出于对国际贸易很大的爱，对国际同行正当权益最大的关切和爱护。美国霸凌主义者惯用的“杀手锏”是砌起关税壁垒，粗暴地破坏国际贸易的和谐，李中柯挺身而出，不畏强权，用“爱”来维持“共赢”的环境。胜诉，正是“爱”的凯歌。

其次，应说到它体现的“团队”精神。

四年诉讼是一个过程，中途已取得80%的胜诉时，妥不妥协？这考验着李中柯。李中柯的回答是“不能忘了同行，扔下穷哥们儿不管”。这同样体现了乳山地域文化丰富的“人文精神”——真正的“家国情怀”。

在李中柯的人生中，可以说有一条红线贯穿其中。

“找靠山，借大船，为中鲁的发展打下了基础，但规模小仍然是制约中鲁走向世界的大问题，对此，中鲁公司实施低成本扩张战略，把眼睛盯准了那些生产规模小、设备落后，但生产原料丰富，被同行认为是‘坏鸡蛋’的企业。先后租赁了山东平原、五连、滕州，陕西宝鸡，山西临汾、万荣，江苏丰县，河北卢龙等地的果汁厂。”

魄力后面的情怀

我国的企业家在国际贸易中缺少的就是这种情怀！很多品牌产品在国际市场竞争中自相残杀，互相压价，反令对手乘虚而入，渔翁得利的例子举不胜举，绝非个例。

在李中柯的这场“国际官司”中，霸凌主义者又何尝不曾故伎重演？他们也曾利用个别企业家鼠目寸光，贪图一时的蝇头小利的弱点，分化瓦解我国的果汁行业，以求一逞！李中柯为了“协同作战”不仅要勇敢地承担风险，还要殚精竭虑地巩固后方。“坎”和“关”内外交加，重重叠叠，不一而足。

快餐文化时代，乳山排大戏，不怕没观众；不读书的时代，乳山出图书，不怕收不回成本，这都是一种可贵的“文化自觉”——也许只有乳山人才这么执着、坚守。李中柯打“官司”不论胜败都不愧是“好汉”，乳山好汉，让人钦佩，能搬上屏幕进行传播将是一件幸事！

读《冲坎闯关》有感

张　超

我一口气拜读完李中柯先生的《冲坎闯关》，感觉酣畅淋漓。我仿佛看到一个武林高手仗剑天涯，于暗箭密布、血雨腥风的江湖中，辗转腾挪，一路过关斩将，终于赢得武林盟主的宝座。自此号令天下，中国果汁行业在他的率领下，在国际上赢得了应有的地位和尊重。真是好久没有读到这么好的作品了！

作者写的都是亲身经历，没有什么华丽的辞藻，娓娓道来，像一个邻家老大哥在讲述一段别人的往事。虽然口气平淡，但依然会引起我强烈的共鸣！

几天过去了，脑海里一直萦绕着一个念头，总想说点什么，写点什么，一舒心中的感慨。可是我好久没有动笔了，担心写得不好，更担心曲解了书中的意思。可是不写点什么，我又感觉不吐不快。从哪里写起呢？我思来想去，觉得还是平铺直叙吧，把心中想说的写出来就好。

认识李中柯先生，源于一个挺偶然的机会。

那天我回青岛，跟一个发小也是同学约好了去看他的新居。发小的新居在青岛北部的白沙河畔，远离市区，环境幽静，别墅成群，那里是一个高档的社区。参观完同学的新居之后，同学执意留我吃顿饭。我俩有几十年的感情，因此我也没跟他客气。我俩好久没见，有这么个机会聊聊天，也是我心中所愿。

同学说他在这里还有几个朋友，一起喊上还热闹。其中就有开茶社的李中柯。我们到茶社邀请中柯先生的时候，我并不知道，这个外表看起来极其年轻的长者已经六十多岁了。他皮肤白皙，面目红润，给我的感觉是他顶多五十岁。

中柯先生一口胶东普通话，听起来很亲切。再一询问，原来我和中柯先生都是山东乳山人，初次见面，便觉倍感亲切。

由于还要等待另一个朋友，因此我们在茶室边喝茶边聊天。整个茶室看起来非常雅致，品的茶也是我喜欢的口味。在这样的环境里，暂时抛开工作的繁杂，偷得浮生半日闲，也是人生的一大快事。

中柯先生很健谈，说起话来中气十足。其实他才六十多岁，和我们差不多年纪。

聊天的话题也很普通，毕竟大家都是第一次见面，内容无非是问问彼此的年龄、职业。其实我内心深处一直有一个情结：我退休之后也要开一个茶室，不为挣钱，只为了和三五知己一起有个消遣聊天、打发时光的地方。话题也自然转到了中柯先生的茶室上。

中柯先生的茶室是一间临街的门头房，面积大约两三百平方米，离他家的别墅不远。茶室的名字起得很好：海泊轩茶室。名字很应景，这里是白沙河和黄海胶州湾的入海口。给茶室起这样一个名字，显示了中柯先生颇为深厚的文化底蕴。这间茶室不像是对外营业的样子，基本是自用。在闹市之中能有一处面积这么大的休闲之地，不用为生计奔波，足以说明中柯先生是一个成功者。对于成功者的经历，我想大多数人都是感兴趣的。

中柯先生没有急于介绍自己，而是了解了一下我的经历。当听说我也曾经在企业做过宣传工作时，中柯先生便谦虚地告诉我："我们曾经是同行，以前我也是企业的一名宣传工作者。后来，我从宣传的岗位转到管理者的岗位，接手了一家濒临倒闭的县级企业，最后一步步带领这家企业走向 A 股上市公司。"平平淡淡的几句话，却深深地震撼了我。我想，眼前的这位长者，一定是个有故事的人！

我猜到了开头，却没有猜出结尾。因为，他的经历比我想象的更精彩、更富有传奇色彩！

由于我们还要去饭店，临走时中柯先生拿出了一本书——《冲坎闯关》送给我，并在扉页给我题了词，微笑着告诉我："你想知道的答案都在书里，如果你还有什么想问的，等看过这本书，我们再交流吧。"

到了饭店以后，我们一行五人，天南地北地随意聊着天。我发现的另外几件事情，使我对中柯先生有了进一步的了解。吃饭的时候，中柯先生用手机放了一首歌，那首歌是中柯先生自己唱、自己录制的。他唱得非常好，在这里我就不说了。我想说的是，中柯先生和另外四个到场的人之前约定好的事情：大家都要学会这首歌，下次见面的时候唱给大家听。这件事情只有中柯先生做到了，其他四人虽然都比中柯先生小，但是都没有做到。中柯先生对承诺的信守，让我刮目相看。

我们谈到一个新的项目时，另外一个朋友马上提出了相左的看法，但是中柯先生没有马上表态，而是认真听完之后才提出了几个问题：一是国家政策允不允许？二是将来的发展趋势如何？三是适不适合普通百姓？这几个问题都问在点子上了。对于一个新的商机，有的人不自觉地抵制排斥，有的人善于倾听了解，再谈看法。这是一个人看事、做事的格局。无疑，中柯先生的格局意味着他不是一个简单平凡的人。我对中柯先生的敬佩之情越来越深了。

我们谈到了朋友之间的感情。原来，他们都无私地在帮助一个朋友，而这种帮助，没有任何企图，不求任何回报，只是出于朋友之间的一份真情。他们都是四五十岁时才认识交往的。这个年纪的人，能够把友情看得这么重，这么真挚无私地付出，实属难得。

饭桌上，我们还谈到了家庭生活，谈到了感情。我对中柯先生关于婚姻的看法非常认同。中柯先生说："年轻时的感情是感性的，人过中年之后的感情是理性的，但是不能因为现在的理性就轻易放弃之前的感性。"对婚姻对家庭甚至对家族，中柯先生都悟得非常透彻。他的看法、做法都是令人尊敬的。

我发现中柯先生用的是苹果最新款的手机，而且，他会用手机 K 歌，这是一件非常时髦的事情。很多年轻人都不会用，但中柯先生却应用得非常熟练，包括微信这个社交软件，他都用得非常熟练，说明中柯先生很能跟上时代的发展。对于年轻人来说，这很正常，但是对于一个六十多岁的长者来说，这并不容易。

通过这五件事情，我发现中柯先生不一般。他的言谈举止，意味着他的故事会很精彩。

当天晚上回到家，我迫不及待地想看看中柯先生到底有什么样的故事。

我看书有个习惯，没有大段的时间，我是不会碰书的。看书，需要一个好的环境和心境。如果心情浮躁或者时间短暂，我都尽量不去看书，特别是一本需要认真去品读的书，更需要沉下心来认真阅读。

晚上十二点，我收拾完毕，终于拿起了这本沉甸甸的书。书本身并不沉，但是这里边装的内容，让我感到很有分量。

还没有翻开首页，仅是封皮，我就看了很久。雄伟的长城，建立在陡峭的山脊上，远山暮色苍苍，一望无际。一只雄鹰，翱翔在天际，它努力地向上展翅，似乎要飞跃一道道高山。苍虬的松枝，高耸的枫叶，都在描述一个硬汉的风格……

雄关漫道暗含了一道道坎、一座座关，要冲过去、闯过去，靠什么？靠走、靠爬、靠攀都可以。只是，那样就不是冲坎了，也不是闯关了，充其量是“爬坎走关”。我现在还没有办法预知作者到底经历了什么样的困难和险阻，让他以“冲坎闯关”和这样的图案来描写自己的一段回忆。或许，作为一只鹰来说，他的高度和视野是一般人所不能望其项背的，他跃上天际做俯冲状时，那时的他一定是孤独的，因为，没有人理解他。

一篇序，基本解开了我的困惑。他把一个县属亏损企业，干到中国最大，亚洲最大，世界最大。仅此一条，中柯先生便足以傲视群雄，成为经济界的商业奇才了。他联合中国果汁企业，打败美国商业部，更是一种魄力的展现。先不说结果，能有这种想法就让很多人觉得不可思议了。我试图在脑海中寻找一些和中柯先生经历、业绩差不多的人，我发现，能够把一个亏损企业做起来，甚至做强做大的人很多，但是敢跟美国商务部叫板而且胜利的，唯有中柯先生一人。

中柯先生的童年到青少年时期，和大多数同龄人一样，平凡得不能再平凡，普通得不能再普通。不同的是，命运似乎对他更加偏爱，冥冥之中，让很多的东西和他的运数暗合。可转念一想，也不全是。宋代的方仲永是天生奇才，幼年聪颖，可少年不努力，长大之后最终沦为凡人。一个人，天赋异禀固然重要，如果没有后天的努力和打拼，结果还是和普通人一样。可是在书里，中柯先生把所有的成绩总结为三个感谢：感谢父母，感谢改革开放，感谢领导朋友。我相信，这就是不一样的地方：一个人唯有此等胸怀，才能成就大事。

走出农门之后，上天其实也在考验中柯。高中毕业后，他回到农村，因上不了大学，便进入大寨工作队。一年三次的反复，也在不断地折磨着中柯。天将降大任于斯人也，必先苦其心志。若闯不过这人生的第一道关口，或许，中柯一辈子就是个农民。中国果汁行业的历史，必定会因此改写。

经受了重重考验的李中柯，走进罐头厂的那一刻，才开始了他在人生舞台上真正意义的亮相。从一个农民到一名企业的管理者，这不仅仅是一次身份的转换，更是一次蜕变，是一次人生的华丽转身。1989 年，是中柯值得铭记的一年。这一年，无论是对中柯本人还是对国内国际的果汁行业来说，都是一次历史的机遇。有人可能会认为，一个罐头厂的副厂长，和果汁行业没多大关系。但是我认为，这正是中柯改变果汁行业之前的秣马厉兵，意味着一颗管理界的明星冉冉升起。这十年的罐头厂的磨炼，是管理者的牛刀小试，他也在等待机会。我不知道如果四年前就让中柯来到果汁厂会得到一个什么结果，但是我知道，一切都有因果。中柯在此时到来，必定是为了改写中国果汁行业乃至世界果汁行业的历史。

“三正”治理“三多”，是应该被写进哈佛商学院教材的。当年，我给海尔集团 CEO 张瑞敏做秘书的时候，海尔休克鱼兼并的案例是我拟写的初稿。我并没有觉得多么神奇，在那个快鱼吃慢鱼的年代，海尔冰箱兼并红星电器的经典案例，以及张瑞敏的成功，政府参与的指导意见在其中起了很大的作用，并非完全市场化的结果。但是中柯的“三正”治理“三多”在国内却极具代表性。我常常想起格力电器董事长董明珠的那个经典案例，因为无情地拒绝了自己亲弟弟在格力走后门的要求，董明珠铁面无私的性格在格力人的心目中留下了深刻的印象。就国情而言，“三正”治理“三多”，应该在国内的商学院里作为一个经典案例普及推广。现在说来可能简单至极，可是如果我们把画面拉回到二三十年前那个现实中的场景，我们就可以感受到，中柯当初经历的局面何等心惊肉跳啊。他面对社会痞子的威胁，从容不迫。仅这一关，能够闯过来的，就可以立地成佛了。

如果说中柯在企业管理中的作为只能说明他还是一个普通的管理者，那么，从 1992 年中中合资，中鲁成为中国最大的浓缩果汁的那一天起，中柯在管理上就上升到了一个崭新的高度。不仅仅是平台高了，而且这个平台是他亲手搭建创造的。这期间中柯的成长，看似简单，实则艰难。仅他在四川南充购买生产线一事，就可以写成一本厚厚的故事书。但是中柯寥寥数笔，一带而过，不为自己表功，不为自己戴帽。可是其中的艰难困苦，不是身处其中者，难品其中滋味。

中中的合资，使得中柯的人生上了一个新的高度。可是当年的 5 月份，中柯就成立了中日合资企业，紧接着又是中韩合资。这是一组非常漂亮的组合拳，在国内同行业还没有看清楚中柯到底怎么出拳的时候，他已经站在了胜利的巅峰。王者的气度，永远是别人无法理解的。

每一次的困难都能被中柯克服，他几乎能把坏事变成好事，这是他奇特的本事。特别值得一提的是，中鲁合资的过程中，本来乳山还需要出资375万元，可领导说："乳山同谁合资，财政出过一分钱？"搞市场化运作的公司，本来就应该按照市场来运作，何况说好的事情，怎么能随随便便因为领导的一句话说变就变？面对这样的领导和答复，你又能怎样？

我们不去评判领导，这在国内大都是这样。这样的环境下，很多企业家都倒下了。可还有一些人，越挫越勇，越是困难越能激发起他们的斗志。中柯无疑就是这样的人。他没有选择躲避，更没有逃避，而是借势让员工参与入股，这一举措反而让参股的员工几年后都拿到了几十倍的回报。这是真正的水平！

特别是组建大鲁菱的过程中，连一向自以为是、傲慢的日本人都对中柯的态度发生了转变："我们要检讨自己当年为什么拒绝中方这么好的建议，今后只要是李董事长提的建议，我们都要在第一时间支持他。"这句话，比一百封表扬信还要值钱，这是发自肺腑的赞誉。他和来自国内的表扬还不一样，日本人只尊敬真正的强者！

在市场的大潮中，中柯先生一向是勇立潮头，是一个长袖善舞的弄潮儿。可是，在中国，要想做好一件事情，需要的不仅要懂市场，懂管理，关键还要懂政治，懂官场规则。对一个正直的人来说，更多的不是不懂，而是不屑。既要给员工带来利益，又要让企业发展壮大，还要不贪虚名，不讲人情，这太难了。每一步，对中柯来说都非常艰难。置身于这样的社会氛围中，想独善其身，说起来容易，做起来太难了。但是中柯都做到了。他的那句“选择一个心底无私天地宽的人生”，是经历了无数的艰难困苦之后发自肺腑的感慨。同时，中鲁注册地的改变等问题，也让中柯在官场中感到无奈，他的那句话听起来颇让人感到心酸：“我算对过许多商场上的事，却从来没有算对官场的事。”即便如此，他依然能替自己的上级着想：那是因为上级不得已而为之。多么善良的一个人啊。

除了对官场的不屑，中柯先生在复杂的人事斗争中也不是那么圆滑。和美国金宝汤公司合作开发红薯汁，这么难的项目在技术上难不倒中柯，他在不到一个月的时间内就拿出了让客户满意的样品，而国外公司三年都没有研发成功，这是一种什么样的水平？不对比不知道，一对比我们就能发现中柯的水平确实不是一般的高。可就是这样的好项目，却差点胎死腹中。中柯的正直成就了他在企业管理方面的才华，却差点让他的成果牺牲在复杂的人际关系上。

洋设备的国产化，最是考验一个一把手的管理才能。中柯的贡献不仅在于他对乳山果汁厂的贡献，还在于他对国内整个行业的贡献。如果没有国产化设备，那么采购设备的高价格、低产能，包括后期严重的身背维修保养依赖症，都不可能使得我们在果汁行业实现飞跃式发展。中国的果汁行业真应该给中柯先生树个丰碑，来表彰他对果汁行业的贡献。果汁行业更应该给他一个实实在在的奖励：

应该从节省的200亿元中，拿出至少1%奖励他。我想2亿元的奖励，相对于他对国家做出的贡献，并不算多。

终于开始走到上市这一步了。原本我以为，很多事情都是水到渠成、顺理成章。可是，意向中简单的事情，其实并不简单。很多人也认为中柯长袖善舞是因为他遇到的问题都很简单。可是当他们去操作的时候，才发现事情并不是想象的那么简单。上市的问题，最终还是中柯解决的，如果台下没有做足功课，怎么能轻易地通过上市？一切都不是必然，只有付出100%的努力，才能收获成功的果实。

中国的内斗内耗是全世界有名的，这是中国人的劣根性。改变这种劣根性，需要一个领袖，需要一个人登高振臂，呼吁改变。每次艰难的时候，总是中柯先生改变了这一切。当美国商务部对我们的果汁进行反倾销调查时，当我们的果汁行业争相降价、自相残杀的时候，如果没有领袖的出现，这种“军阀”混战的局面，最终损害的还是果农、企业和国家的利益。所以，我一直认为，中柯先生一直说自己没有改变中国果汁的历史，其实这是因为他谦虚。实际上他已经改变了历史。而且，这种改变是值得大书特书的，是值得后人铭记的。如果我们其他行业多几个像中柯先生这样的人，我们的国家会变得更加富强，我们在国际市场会更加扬眉吐气。

学而优则仕，这是中国历来的规律。中柯虽然埋头苦干，不理身外事，可是别人却不这么想。因为中柯的能力，让很多人害怕，害怕有朝一日中柯顶了他们的位子，于是惶惶不可终日。我本将心向明月，奈何明月照沟渠。

正所谓树欲静而风不止，中柯在官场无欲无求，想潜心做点事业都显得步步艰难。更可笑的是，这种艰难不是来自老外，不是来自市场，而是来自内部，是自己的战友常常想置他于死地。多么悲哀而残酷的现实啊。

可是，当乳山市副市长的位子、北京司局级干部这些显赫的位子摆在中柯面前时，他不为所动，依然坚持自己的梦想，做一个果汁行业的开拓者。

无论面对过什么样的艰难困苦，中柯始终抱有一颗感恩的心。特别是他居然能敞开心怀地感谢自己曾经的对立面，他的胸怀多么宽广啊。

他是一个传奇，干得踏实，离开得洒脱。正所谓“花间一壶酒，独酌无相亲”，他离去时的身影看似孤独，其实，跟随他的员工、老领导、业内人士、国外的合作伙伴，都把他引为平生的恩人、干将、传奇和最佳伙伴。他并不孤独，他的背后是千万留恋他的目光。

一个离开了位子的人，居然有人愿意借给他1500万，设备厂家还愿意用最低价来回报感恩他。如果不是因为他的人格魅力，这种情况是根本不可能发生的。他离开后，行业内仍然有人请他回去担任理事长，有些甚至还是他的对手。由此可以看出，他在果汁行业的位置多么重要。急流勇退和复出再退出，中柯的脚步总是把握得那么清晰准确，不贪权、不恋钱，拿得起、放得下，这就是中柯的经营之道。这是真正的王道！

虽然中柯先生说，他仍然有一些没有冲过去的坎、闯过去的关，但他的人生已经很圆满了，他已经改写了中国果汁的历史。如果没有他，我们是不是还要承受高价的设备、低廉的出口价格？我们国内的果农能得到什么？我们的员工能得到什么？我们的国家能得到什么？这些问题的答案显然已经摆在我们面前了，中柯先生不但改写了果汁的历史，而且创造了辉煌。

合上书本的时候，我的心情久久不能平静。我能感受到中柯先生的不易，也理解了他为什么要把书名命名为《冲坎闯关》。是的，他经历了太多太多的坎坷和难关，但他靠着坚韧不拔的毅力一步一步地闯过来了，甚至很多次是冒着生命危险，冒着被免职、身败名裂的危险才化险为夷。我更理解一个企业家在国内的环境下想干点实事有多难。

不知道什么时候，我感觉到眼角有一些泪水流出，除了唏嘘之外，更多的是为中柯先生感到高兴。

中柯先生，同为乳山人，我向您致敬！

读《竹与人》有感

张 超

从来没有一种植物能够像竹子一样，得到国人的广泛喜爱。也没有哪个国家的人像中国人一样喜欢竹、懂竹。

竹，早就融入了国人的血液里：栽竹，画竹，写竹，歌颂竹，生活中使用竹，乐器中有竹，乃至用竹子做食物、入药……

竹，甚至还被称为“竹夫人”。南宋诗人陆游《初夏幽居》一诗中写道："瓶竭重招麴道士，床空新聘竹夫人。"从这个称谓可见大家对竹的喜爱到了何种程度。

近代以来，少有人写竹。我们的老祖宗几乎把一切赞誉之词都给了竹。面对日月般辉煌灿烂的文坛前辈，我们似乎用什么样的词赞美竹都显得苍白无力，又有多少人敢提笔写竹呢？

李中柯，是我人生的导师。他的文章《竹与人》出笼之后，他要我提点意见。对于老师的文章，我是不敢提意见的。但是初看题目之后，我还是隐隐觉得老师行事有些鲁莽。有关竹的文章，我们后人是万万不能写的。我们无法超越前辈，写这样的文章只会适得其反。

拜读了老师的文章后，我才感觉，我可能误会老师了。老师不像是在写竹，更多的是借写竹的名义来抒发自己对人生的感悟。

老师写竹子的根，是告诉我们人不能忘本；写竹子的节，是告诉我们严守节操；写竹子的空，是告诉我们无私才能无畏；写竹子的枝叶是告诉我们低头做人、认真做事。

反复阅读之后，我又觉得我理解得太片面了。难道，老师的文章仅仅是为了借竹子来表达这一层意思吗？

老师前半生是在奋斗中度过的。他的自传《冲坎闯关》，我认真地阅读了不下三遍，做的密密麻麻的标记，几乎让旁人无法清晰地阅读此书。对于老师，我相信我还是了解一些的。是不是这篇文章还有别的意思是我没有品读出来的？

老师第九次搬家，选择安居在青岛龙湖滟澜海岸。已经是九九归一，老师终于稳定下来开始安享退休后的生活。这株不知从何而来的竹子，选择在老师家安家。它是怎么来的，没有人知道。它为什么选择在老师家扎根生长，也没有人知道。我只知道它是别墅区内一棵独特的竹子——就像老师一样特立独行。

竹子生长在哪里，是因人而异的。这里边有很多的因素，有偶然，也有冥冥之中的一种缘分。这是老师的影子吗？或者，这是老师的一种暗物质在阳光下破土而出，形成了一种实物的体现吗？而今年破土而出的两棵新芽，不也正好预示了老师家两个孙辈的兴旺吗？

竹子一节一节地生长，其实也代表了老师当年在一步一步地成长。高中毕业后，他到村团支部任书记，到生产队做会计，到罐头厂干预约工，到办公室做秘书，到政府办公室任职，再到做副厂长、总经理，每一步的成长，都是一次蜕变，都是一种进步。竹子啊，你是在用自身的成长来复述老师的一生吗？

老师在文章里说，竹子告诉我们：人不能忘了本，更不能忘了根，如果把个人奋斗看作是第一位的，人生便会出现很多的问题。这不是竹子给老师的启示，而是老师借竹子来直抒胸臆。

老师把厂子做好后，首先想到的是工人的利益；在国内做好后，首先想到的是国家的利益。他的奋斗都围绕着工人和国家的利益，唯独没有为自己争取多少利益。

读过《冲坎闯关》的读者一定记得老师跟美国商务部打官司的案例。人这一辈子气节、骨气很重要，要守住底线，严守节操，否则再成功的人生也没什么意义。这个案例充分地展现出了老师的骨气、底线和节操。这不就是借竹咏志吗？

竹子的空，是老师虚怀若谷的体现；竹子的叶，是老师不为高官所动，低头做人、一心做事的最好体现。他说过，他这六十年所看到的、做到的、经历过的，是许多人一辈子也感悟不到的。自己的半生经历或许难以让别人有所感悟，但是通过描写竹子的蜕变，或许能让人更容易理解。老师看似写竹，其实是借写竹来表达自己对人生的态度，间接地把一些感悟传递给我们。

这一年来，我的工作发生了一些变化，为了有更好的发展，做事有些急功近利，毛毛躁躁。我感觉我像一棵茅草一般急于成长，却忽略了最基础的根基。老师不也正是在通过这篇文章含蓄地提示我吗？

我沉下心来阅读老师的这篇文章时，感到脊背一阵阵地发凉。老师的这篇文章及时提醒了我：人生要打好基础，一步一步地走好，一节一节地长高，在人生的大舞台上要找准位置，方能活出一个有意义的、精彩的人生！

我叔是“神人”

李淑欣

我叔李中柯与我同村，在一个生产队，他比我年长八岁。我们之间没有血缘关系，但他就像我的亲叔一样，对我的人生影响很大。

小时候，我经常看到他在学校宣传队演节目，在篮球场上打篮球。记得我读小学二年级的时候，他是村团支部书记和生产队会计，青年的业余生活丰富多彩，读书会、赛诗会、文艺演出、夜校等深深吸引着我。我们队每家分得的粮食、烧草等生活用品，都是经过他手中的算盘打出来的。我参加工作不久，我叔已是乳山果汁饮料公司的一把手，那时我在制药厂工作，叔的公司就在旁边，经常能看到、听到我叔公司的情况。他经营的企业是乳山一颗最耀眼的星星，他是乳山知名企业家，谁能在他公司上班那是一种荣耀，他公司的职工谈婚论嫁，别人都要高看一眼。

2005 年之前的二十多年，有关我叔的新闻占据我脑子里的头条，他的企业由中国最大、亚洲最大发展到世界最大；他本人一边经营企业，一边兼任一轻局的局长职务；听说让他当副市长他不干，只肯做市长助理；听说他当了中国果汁行业理事长，打败了美国商务部；听说他 2003 年被评为威海市最具影响力的十大经济人物，2004 年被评为中国最具影响力的十大经济人物之一……

就是这样一位不断创造奇迹的大人物，在 2005 年公司成功上市挂牌后辞职了！他不仅辞去了身上十多个职务，就连档案也从国投中鲁转出。不久，他新建了两个企业，正当他干得顺风顺水之时，他又将两个企业成功转出。

在最近的十年时间里，我叔退出了我的“新闻头条”。他干什么，在哪里住，身体怎样，我都不得而知。

五月份，我叔在乳山成功举办了一次“五十年师生见面会”。我从同学那里读到他写的《竹与人》《渡情》《老娘的“绝活”》。这三篇文章不仅让我感动得流泪，也把我带回儿时的李家，同时也升华了我的思想。是啊，人生如竹，我们有竹子的根、竹子的节、竹子的枝叶，以及竹子的空灵与内涵，有竹的人生多么美好啊!

我很快向同学要了叔的电话和微信。加了微信后，我把几十年想夸叔的心里话都说了，叔问我：“现在让你选择的话，我这样的人生你要不要?”我不假思索地说：“我要，做梦都想要!”

我叔说：“等你看完我的《冲坎闯关》，看完今天的今日头条《新飞电器倒下，创业者刘炳银先生气死》的文章后，你再来回答我!”

昨晚洗漱完毕已近十点，我打开网站，打开了我一直想看的那本书——叔的自传《冲坎闯关》，越是着急看，越是一时半会儿看不了。在下载的过程中，我看了张超先生的《读〈冲坎闯关〉有感》的文章。细细品读，我被文中的许多情节深深地感动了。张超先生从封面徐徐写起，我悬着一颗心，随着他的笔墨慢慢地往下看，随着张超流畅的叙事，我也不由自主地沉浸于一个个故事之中。我流泪了，也怕了，尽管我清楚书中所写已是过往，可我的思想却随着书中的情节一路颠簸，我怕主人翁承受不了来自方方面面的打击和压力，一个人要有多强大的能力才能孤身一人盘旋在这凶险的旋涡中？一个人要有多大的力量，才能在狂风暴雨的肆意拍打下依然挺拔？我的泪水顺着脸颊流到耳朵里去了，随它去吧！这是惊吓的泪水，是感动的泪水，更是崇拜和自豪的泪水。叔，无论他人如何排斥刁难，您依然形象高大，不屈不挠，不弯不垮，您如泰山的青松一般挺拔，您令世界瞩目，您是国人的骄傲。

紧接着，我打开今日头条寻找叔说的那条新闻：新飞于2018年6月6日宣布破产。曾经叱咤中国的新飞电器彻底破产，家电业的一个时代结束了。十多年前家喻户晓的新飞电器董事长刘炳银，通过奋斗，成为电器行业的巨头。在关键时刻，因为大股东不同意转型，刘炳银只能眼睁睁地看着自己的企业错过最佳的多元化时机。这次错过，如同埋下了一颗悲剧的种子，新飞悲剧的序幕由此拉开。而刘炳银本人，也因病逝世。这样辉煌的企业和领导却在今日轰然倒下。

当我看完叔的书和刘炳银先生被气死的新闻后，第二天我就含泪告诉我叔："叔，您那样的人生我不要了，我不敢要！"我叔说："别哭，别怕！我现在不是很好吗？"

泪眼婆娑中我陷入沉思，我想，叔和刘炳银先生的前半生有着惊人的相似之处，而后半生却截然相反。我想，问题的关键在于"转身"，敢不敢转身？会不会转身？我叔做到了，并且来了一个非常漂亮的转身。他的转身，让亲朋好友放心了，让老娘放心了，让想看他笑话的人看不到笑话了！让他昔日的对手永远闭上了臭嘴！

我叔的人生是不断创造奇迹的人生，是不断超越自我的人生，是不断冲坎闯关、缔造辉煌的人生。而最可贵的是，他在人生最绚烂之时总能把握自己，适时地看破、放下，并华丽转身，蜕变得更加洒脱、超逸！而叔这样的人生我却不能要，也不敢要，因为我无法承受他生命中的诸多之重。

后来得知我叔辞任行业理事长和中鲁总经理之后，行业由连续十多年的盈利变为全行业十多年的亏损，中鲁也结束连续近二十年的盈利变为亏损，现在的职工工资和福利比叔在时差很多。多数人已不关心公司的死活，他们还在怀念我叔在位时的时光。朋友说：“你叔过去是中国果汁之魂，你叔离开了，果汁行业和中鲁就魂飞魄散。现在人们谈到他时，说他是神人。”

过去的叔是让我眼前一亮的叔，现在的叔是令我脑洞大开的叔。无论何时何地，不管人生遇到怎样的坎坷磨难，有叔在，我就无惧无忧，奋然向前！

读《知足当下》有感

刘翠英

《知足当下》美文佳篇，
构思精巧，往事随风。
字句无瑕，沁人心脾，
自然流畅，如饮甘泉。
一生一世，也同一年，
春夏秋冬，四季走遍；
春日里，您阳光灿烂，
步入社会，有梦有胆。
炽热夏天，冲坎闯关，

历程艰难，勇往直前。
金秋时节，硕果满满，
几经拼搏，梦已实现。
带上笑容，迎接晚年，
事事如意，今生无憾。
逍遥自在，无忧无烦，
谈古论今，气定神闲。
心如天地，广阔无边，
身如苍松，健康永远！
耄耋之年，还用笔砚，
眼睛不花，双手不颤。
无所不能，意志不减，
百岁再延，做个神仙！

读《老娘的“绝活”》有感

周　慧

当我拜读了您写的《老娘的“绝活”》后，犹如一池春水，被风吹过后，心里荡漾起阵阵涟漪！是啊，这篇优美的散文，为我们很好地诠释了“母爱”这一主题，表达了您对母亲的敬意和怀念。老娘的“绝活”承载着一段家史，述说着母亲的故事。好一段母子情深的叙述，好一个伟大母爱的故事，好一位担负最多痛苦、背负最多压力、咽下最多泪水去承受和默默付出的母亲！同时我也感受到了：母亲是一位辛勤劳作、节俭奉献、心灵手巧、仁慈善良的母亲。

当我们挑起责任的重担后，当静下心来品味母亲心甘情愿地为我们付出一切的时候，我们一定陷入了深深的回忆之中。莫泊桑说："人生最美的情景出现在我们怀念母亲的时候。"

在这个时刻，我们才能感受到母亲的无限疼爱，无限关怀，无限牵挂，无限付出，无限希冀。这就是天底下至深至情的伟大母爱！

母爱是无私的，是真挚的，是不求回报的，是平凡而伟大的！

真正的母爱，不只是在生活上给予，还在我们消沉时给我们鼓励，引导我们做人。

母亲的善良和博爱决定着子女的前程是否远大，胸襟是否宽广，心地是否善良。孟母三迁、陶母退鱼、岳母刺字、老娘讲的做人之本"八大理"的故事，都说明了母亲对子女的影响有多大。父母的美德是一笔巨大的无形的财富，她将使儿女终身受益！每一个成功人物的身后往往都有一位伟大的母亲。

"慈母手中线，游子身上衣，临行密密缝，意恐迟迟归。"这就是对母爱的最好诠释。

百善孝为先，"孝子之至，莫大乎尊亲，尊亲之至莫大乎以天下养"。作为儿女不忘父母的养育之恩，"谁言寸草心，报得三春晖"。愿我们"绕膝信奉尽孝心，养老送终乐为珍。风趣幽默侍老母，舒心度日享天伦"。

祝福她老人家松鹤延年，多福多寿！

“三气”铸就人生的辉煌

张淑艳

案头，摊开着李中柯先生的《冲坎闯关》，一盏清茶氤氲出一缕缕馨香；窗前，生机盎然的春光染绿了丝丝垂柳，几只喜鹊不失时机地攀上枝头，奏响了走向春天的乐曲。我一边喝着茶，一边拜读着这本大作，茶香、书香、花草香，蒸腾着、萦绕着、熏染着，沁人心脾，令人春心涌动，感受到生命的活力，真应了古人说的“天地合气，万物自生”。

曾经以“为天地立心，为生民立命，为往圣继绝学，为万世开太平”闻名天下的思想家张载在《正蒙·太和篇》中说道：“太虚不能无气，气不能不聚而为万物，万物不能不散而为太虚。”大自然中的万物都离不开气，人更是如此，它是维持人体生命活动的基本物质之一，推动和调控着人体内的新陈代谢，维系着人体的生命进程。从李中柯先生的这本《冲坎闯关》中，我充分感受到了他身上充溢的三气：浩然正气、无畏勇气、铮铮骨气。

所谓正气，就是充塞天地之间的至大至刚之气，体现在人的身上则为浩然的气概、刚正的气节，就像文天祥在《正气歌》中所写的那样：“天地有正气，杂然赋流形。下则为河岳，上则为日星，于人曰浩然，沛乎塞苍冥。”正是因为有了这股正气，李中柯先生做任何事都能公正无私，刚直不阿，无往而不胜。

李中柯先生 1989 年临危受命，被调到乳山果汁饮料公司任总经理，当时的果汁饮料公司是一个混子多、库存产品多、对外欠款多的“三多”企业。面对如此困境，他用“三正”根治“三多”，所谓“三正”，一是“正己”，他制定了约束总经理特权的一系列规定，严于律己，做好表率；二是“正人”，对全体干部职工制定了严格的岗位制度，要求所有人都要恪尽职守，否则严惩不贷；三是“正企”，就是认清市场形势，调整产品结构，明确企业的发展方向。通过锐意革新，一个面临倒闭的企业只用了一年的时间，产值、销售收入、利润就实现了跨越式增长，当年就被评为乳山市一轻系统先进企业。

做人要有底线，搞企业更要有底线，它是企业能否兴旺发达、长盛不衰的关键。二十世纪九十年代初，李中柯先生任凭风吹浪打，“我自岿然不动”，正气凛然地坚守自己的底线，坚决不走私、不行贿、不受贿、不要虚名，踏踏实实地做人，老老实实地做企业，一身正气，真正做到了“心底无私天地宽”。正因为他行得正，走得直，“仰不愧于天，俯不怍于人”，中鲁果汁这艘巨轮才能在他的带领下，乘风破浪，驶向辉煌。

所谓勇气，就是无论遇到什么困难，处在什么境况下，都能做到“泰山崩于前而色不变，麋鹿兴于左而目不瞬”，“卒然临之而不惊，无故加之而不怒”。可以说有勇气是一种人生智慧，更是一种人格魅力；有勇气是敢于负责的态度，更是一种良好的工作作风；它要求我们找准人生定位，勇于实现人生的价值。李中柯先生正是靠着这种勇气，才能在商海的大潮中劈波斩浪、勇往直前。

二十世纪八十年代初，为适应改革开放的需要，中鲁果汁引进了一条浓缩苹果汁、柑橘汁生产线。然而，因为严重的“水土不服”，生产线不仅没能为企业创造价值，反而造成了企业经营的巨大困难。李中柯先生上任伊始，在详细地了解这条生产线的经营状况后，就大胆革新，在工艺、设备易损件、辅料供应、设备改造等方面进行国产化改造。一是工艺“国产化”。他把原来的卧式过滤机改成立式过滤机，提高了工作效率和产品质量。二是备品备件“国产化”。原来的零部件由全部进口改成国内自行生产，大大节约了时间和生产成本。三是辅料供应“国产化”。生产果汁的辅料如果胶酶、淀粉酶、无菌袋等原来都需要进口，通过技术攻关几乎全部实现了国产化。四是设备改造“国产化”。通过多方不懈的努力，蒸发器、压榨机依赖进口的问题完全被解决了。

中国生产的苹果汁主要依靠出口，而美国又是主要出口国，可以说占领美国市场是我们的唯一选择。然而，1998 年 10 月，美国苹果汁协会开始酝酿对中国进口的浓缩苹果汁提起反倾销诉讼。1999 年 10 月 10 日，美国 8 家果汁生产企业聚会，他们准备联手向美国商务部正式递交申请，要求对来自中国的浓缩苹果汁征收 91.84% 的反倾销关税。

在这十分危急的时刻，李中柯先生不仅没有退缩，反而勇立潮头，迎难而上，作为中国果汁协会理事长的他联合全国 9 家果汁企业把美国商务部告上了美国国际贸易法院，要求判决美国商务部对终裁税率进行重新修正。经过重重波折与艰难，终于打赢了这场历时四年的跨国官司，不仅保住了我国浓缩果汁在美国的市场和利益，也为中国赢得了国际声誉，助涨了中国人的志气，真是大快人心。也正是因为李中柯先生的这次英勇壮举，因此，2004 年，他被评为第二届中国十大经济新闻人物。

所谓骨气，是徐悲鸿“人不可有傲气，但不可无傲骨”的傲然风骨，是孟子“富贵不能淫，贫贱不能移，威武不能屈”的大丈夫气概，是陶渊明“不戚戚于贫贱，不汲汲于富贵”不为五斗米折腰的恬然潇洒，是于谦“粉身碎骨浑不怕，要留清白在人间”的忘我牺牲精神。不同的时代有不同的体现骨气的方式，李中柯先生为我们演绎了一种别样的骨气。

自古以来，有很多人把从政当官、光耀门楣作为自己的人生追求。李中柯先生出身农门，也曾经把当官作为自己的人生理想之一，但为了自己的事业——中鲁果汁能够走向辉煌，他先后辞掉乳山一轻局局长、乳山市副市长、中国小商品协会会长等职务，可以说官职一次比一次高，地位一次比一次显赫。在很多人看来，他这是不识时务，不知好歹，但只有李中柯先生明白，一个人一生能倾尽全力做好一件事就足矣，自己在浓缩果汁领域付出了这么多心血，已经取得了显著的成果，他不想自己未竟之事业就这样半途而废，他想踏踏实实地做点实事，他想让世人看看，我们中国的民族企业同样可以闻名世界。他做到了！

我们常说“木秀于林，风必摧之；堆出于岸，流必湍之；行高于人，众必非之”，当一个人做出了一些成绩，受到众人敬仰的时候，总有一些人在背后肆意诽谤、中伤，但一个真正有骨气的人，向来是身正不怕影子斜，因为他懂得“君子坦荡荡，小人长戚戚”。李中柯先生用毕生的心血把中鲁果汁领上了辉煌的顶峰，因为他的公正无私、他的凛然正气，他肯定得罪了一些人，这些人罗织罪名想置他于死地，但“清者自清，浊者自浊”，一个真金不坏之身能经得起任何烈火的考验。面对如此险恶的形势，李中柯先生选择了急流勇退，他知道再好的船长也有功成身退的时候，他毅然决然地转身离去。

一个真正干事业的人的一生从来就没有休止符，他的人生只有逗号、感叹号，而没有句号。李中柯先生在卸下中鲁果汁的所有职务之后，没有马放南山、颐养天年，而是把自己的光和热继续奉献给了他所钟爱的果汁行业，他先后与陕西、韩国的两家企业合作，用他的资历、经验、信誉和智慧在中国果汁领域大展宏图，为企业带来了极高的经济效益。他的成绩有目共睹！

司马迁在《报任安书》写道：“人固有一死，或重于泰山，或轻于鸿毛，用之所趋异也。”这里我想说，人固有一生，但怎么过这一生，是像蝼蚁一样苟且偷生，还是像壮士一样轰轰烈烈地度过一生完全由自己把握。生命的意义不在于你活得有多久，而在于在有生之年你做了多少事，你为他人带来了多少益处，为社会创造了多少价值。要做到这一切，就离不开鼓荡在胸中的正气、勇气、骨气。正是拥有这“三气”的李中柯先生，用他的胆识、他的才能、他的智慧冲坎闯关，为国家、为社会创造了价值，为自己的人生铸就了辉煌！

李家联中同学会感言

刘国杰

美丽银滩大帽山，
李家村住帽山前。
初中就读村南面，
校园往南大海边。
五月十九这一天，
久别师生聚乳山。
四十多年喜相见，
花甲师生笑开颜。
芦头薛格李家片，
琅琅书声浮眼前。
那时老师青春少，
学生当时豆蔻年。
老师辛勤育丁园，
桃李遍布九州里。

人生初中奠根基，
老师耐心育知识。
学生今天立天地，
老师培育首功绩。
中柯中楷裴新峰，

奔赴长岛谢师情。
老师家中师生拥，
师生拥抱泪水擎。
毕业照上学生名，
日夜感念师生情。
师生相聚两天整，
漆足交谈情意浓。
师生惜别祝健康，
相约今春聚故乡。
为了这次聚同窗，
难坏中柯老学长。
四五十年无印象，
老同学们在何方？
中楷淑波李中怀，
寻找同学奔四方。
网络微信天地广，
三届同学聚一堂。

老师这次来故乡，
经风历险不平常。
客船因故不通航，
老师焦急地盼望。
实在没法闯一闯，
心惊胆战破风浪。
来到对岸心盎然，
师生团聚泪汪汪。

七十高龄赛童郎，
吹拉弹唱都在行。
祝福老师永健康，
多吹几曲《走四方》。

聚会那天采现场，
同窗相见细端详。
说出名字心中亮，
花甲也呈当年相。
集体照片一张张，
录像视频都在忙。
中怀主持稳妥当，
中柯朗诵群情盎。
老师演讲泪盈眶，
为见学生闯险浪。
建春淑波献花郎，
老师接花花芬芳。
拥抱老师排成行，
自我介绍声洪亮。
建春一曲《红高粱》，
英敏唱戏声高亢。
中珍相声喜洋洋，
乐得全场都鼓掌。

中柯学长展歌喉，
一壶老酒感情透。

群情激昂都鼓掌，
感谢李总敬美酒。

高中聚会三五年，
初中聚会五十年。
初中时期青少年，
人生启蒙黄金年。
人的一生回头看，
初中时期是关键。
人生命运靠发展，
初中时期占大半。
这次相聚都是缘，
组委筹备不简单。
中柯学长大家赞，
感谢李总圆好梦。
祝福老师乐天天，
祝福同学阖家欢。

师生缘

——写在李家联中部分老师校友见面会前夕

李中怀

（一）

冬春转圜五十载，启蒙书房早断届。
风华童真尚犹记，师情生谊难忘怀。

养育涌泉父母赐，树德解惑师道来。
求知十年寒窗苦，立业百兆根基岱。

（二）

相聚母第皆缘爱，先生学长吾同拜。
人生善渡多逸事，心静止水必长泰。

今朝枭雄展鸿志，未来复兴新时代。
所幸置身弄潮中，愿我师生梦境开。

欲望与读书（后记）

《闲居随笔》付梓，按惯例应有一个后记，但我很难写出一篇满意的后记。这篇《欲望与读书》很久之前，我就想写，但一直感到不够成熟，现在冒昧地拿出来，勉为后记吧。

我们现在经常能听到、看到这样一些事，有的人买理财产品血本无归，有的人在股市里倾家荡产，有的人吸毒、贩毒被抓，有的贪官被双规、判刑……所有这些归结到一点，都是欲望惹的祸。

欲望本来是一个中间词，人都有欲望，我们每个人都有权利追求美好的生活。在一定意义上讲，欲望是一个人奋斗和社会进步的动力。欲望是人生的一味良药，但也是一味毒药，正如我在《总结人生一个字——“度”》一文中所讲“好在适度，误在失度，悔在过度”，一旦控制不了欲望，则一切皆有可能发生。因此，控制欲望就成为人一辈子每天要面对的一个关键问题。

靠什么来控制欲望？当然得靠党规国法。可惜的是，现在预防惩治腐败和犯罪的法律法规不比《二十四史》少多少，但仍有不少人不重视。当然要靠理论教育，遗憾的是，很多人说一套做一套。我觉得还得靠理性靠素养来控制欲望。这一说法很多人都明白，但怎样才能做到理性，很多人不一定明白。我认为，读书，是其中最重要的一条。看一看大官、大款、大腕的成功之路，就会明白，他们多数都是从读书读得好开始成功的，很多人又是从不读书开始堕落的。

有人说读书和不读书过的是不一样的人生，读书人过的是一半物质世界、一半精神世界的人生，不读书的人是活在物质的世界里。

读书就同人们吃饭或运动一样，吃饭是为了满足身体的营养需要，运动是为了增强免疫力，提高生活质量。一个人如果一天、一个月不运动，看不出什么，但如果一年不运动，身体就会“报警”。读书也是这个理，如果长时间不读书，人的理性思维就会缺失“营养”和“免疫力”，人生就很难把握住正确的方向。

可能不少人认为，吃饭和读书不一样，饭不吃不行，书不读可以。但读书人都知道，尽管读过的书就像吃过的饭一样，留在体内的很少，但有时书中的一个故事、一段话，甚至一句话，都可以改变人生。这就像歌中唱到的那样“一句话，一辈子”。

经常读书的人慢慢会形成一种理性思维，当欲望即将越过人生的警戒线时，警笛就会自动响起来，不仅保证了自己的人生安全地航行，而且形成的个人文化对晚辈、对朋友、对社会都将产生积极的影响。

一个人如果沉醉于物质世界，则必然会欲壑难填。试想一个人整天在灯红酒绿、声色犬马之中，怎能不自甘堕落？老话讲，学坏容易，学好难。如果一个人在物质上攀比，在精神上不求进取，就很容易出现这样那样的问题。

人要学会理性地思考，目前最好的办法就是读书。

一本好书可以改变一个世界。美国人曾写过一本《改变世界的书》，选出了16本影响世界历史的书，其中有马克思的《资本论》、牛顿的《自然哲学的数学原理》，同时还有希特勒的《我的奋斗》。

毛泽东主席在延安窑洞里完成了《论持久战》。当白崇禧把这本麻纸小册子送给蒋介石时，蒋介石如获至宝，印发给全军团以上干部人手一册。这本书也很快在美国出版，震惊了世界。事实证明，抗日战争就是沿着这一思路进行的。

犹太人是最喜欢读书的一个民族，平均每人每年读64本书，其人口约占世界总人口的0.3%，诺贝尔奖得主中，犹太人占了20%以上，现在他们拥有的财富控制了全世界。

对于很多因书读得好而权倾一时的高官来讲，如果能从灯红酒绿中多抽点时间，继续坚持读书，让浮躁的灵魂渐归平静，在宁静的时光中充实自己，将不失为人生的一大快事。有人讲："读书不能改变人生的长度，但可以改变人生的宽度；读书不能改变人生的起点，但可以改变人生的终点。"很多人奋斗了一辈子，却倒在了终点，确实让人痛惜。

我们中国人现在出书的人越来越多，读书的人越来越少，特别是一些当官的，家里什么都有，就是可读的书不多，有的连个书架都没有。新华社原社长梁衡讲："请大家多买点书吧，你再忙也要装出爱读书的样子。你不读可以，但不要让你的儿孙看出你不读书。如果三辈不读书，后生将悔也!”

我给自己制定了下一个五年目标，就是今后五年坚持多读书，不再写书，争取让自己的余生因读书而淡定充实。

书是灯，读书将我们前进的道路照亮。

书是桥，读书将我们送向幸福的彼岸。

书是帆，读书将我们人生的航船推动。

我愿同读过这本书的朋友共走一条路，共过一座桥，共乘一条船!